月光与糖霜

谭 用 ◎ 著

SPM
南方传媒
花城出版社
中国·广州

图书在版编目（ＣＩＰ）数据

月光与糖霜 / 谭用著. -- 广州 ： 花城出版社,
2024.5
2021-2022年度佛山市文联重点文学工程
ISBN 978-7-5749-0221-3

Ⅰ. ①月… Ⅱ. ①谭… Ⅲ. ①散文集－中国－当代
Ⅳ. ①I267

中国国家版本馆CIP数据核字(2024)第071634号

出 版 人：张　懿
责任编辑：李　谓　安　然
责任校对：梁秋华
技术编辑：林佳莹
封面设计：林　希

书　　名	月光与糖霜	
	YUEGUANG YU TANGSHUANG	
出版发行	花城出版社	
	（广州市环市东路水荫路 11 号）	
经　　销	全国新华书店	
印　　刷	佛山市迎高彩印有限公司	
	（佛山市顺德区陈村镇广隆工业区兴业七路 9 号）	
开　　本	880 毫米 × 1230 毫米　32 开	
印　　张	7　1 插页	
字　　数	170，000 字	
版　　次	2024 年 5 月第 1 版　2024 年 5 月第 1 次印刷	
定　　价	48.00 元	

如发现印装质量问题，请直接与印刷厂联系调换。
购书热线：020-37604658　37602954
花城出版社网站：http://www.fcph.com.cn

目录

序

做一个俗世中"握笔的人"

朱郁文

第一次读谭用兄的文字大概是在2023年上半年，当时我在为《佛山韵律文学艺术丛书·2022年散文诗歌卷》写一篇综述，里面有一篇散文题为"新年的预备"，通过拾松果、包粽、杀年猪等传统风俗，回忆儿时年关将至时的乡里情形，文字不事雕琢，却准确生动，隐隐有着汪曾祺的影子，给我留下了深刻的印象。于是，我特意留意了一下作者的名字，乃谭用。这篇散文置于眼前这个集子《月光与糖霜》之首位，我理解这是谭用兄对它的珍视。

谭用兄显然是一个极其念旧的人，《岁时记》《食事记》里那些旧年乡里之农事、风俗、故人，形诸笔端，历历在目，分明如昨日。他说："那样的年代，什么东西皆可口。日子过得慢，庄稼长得慢。风是自然的，雨是自然的，一颗颗心，也是自然

1

的。"不禁让我想起木心的那首《从前慢》。其所写之事并不久远，但似乎已经远去，而且大概率是不会再回来了。因为难再，所以留恋，所以感伤，所以有记录之必要，于是有了《月光与糖霜》。

怀旧往往连着日常。《月光与糖霜》写得太日常了，甚至到了庸常和琐碎的地步，不认真读是读不出个中滋味的。冯骥才将其小说中的人物命名为"俗世奇人"，这本散文集里的人物恐怕只能用"俗世凡人"来形容了。里面的人、事、物，普通得不能再普通了，但这并不妨碍作者通过这些人、事、物来观照社会、体悟人生。我觉得通过日常、通过凡人俗事来观照现实，来看世事沧桑和人情世故，恰恰是更真实也更为动人的一种方式，这在某种程度上也表露了作者的写作观。在追求典型、追求热度、追求宏大叙事比较容易引起关注的当下文坛，这未必不是一种可贵的持守。而且，别忘了，日常最难写。

这个散文集如果有个总主题，这个主题就是感恩。写旧年旧事是感谢故乡和亲人对自己的滋养；写食事是感念土地和万物对人类的馈赠；写岭南是感激于自己的被接纳，表达作为佛山（顺德）新市民的幸福与满足；写读书其实是感恩于书籍给自己带来的精神富足和心灵慰藉。

写日常，写生活，终归还是要写人。谭用兄笔下，文字不华丽，情感不激烈，虽事小人微，却各有动人之处。写家人、亲戚、故交、街坊自不必说，即便是偶有接触的陌生人，也能记取对方的美与善，让我们看到，"这世上依然还有些人的心，像丝瓜瓤刷过的锅一样——光滑清亮"。

读完这个集子，我发现谭用兄和我有很多相像的地方，比如都是八〇后，都是乡下人出身，喜爱买书、看书、写作，喜爱看电影、逛菜市场、做饭、带孩子、做家务，是个很有家庭责任心的男人。这样说似乎有点儿自夸了。不过确实能感到他对生活的热爱，以及发自内心的那一份似水柔情。

谭用兄说："每到一个城市，如果时间允许，我都会抽空去当地的菜市场走一走。我认为了解一个城市，最近距离的是看它的菜市场，也只有你看过一个城市的菜市场，你与这个城市才算有了肌肤之亲。"（《家安食味》）此话非懂生活者不能说出，我深有同感。我来佛山至今十年有余，逛过不少菜市场，诸如山紫、花园、普君、同济、建设、白燕、圣堂、大观、莲花、新堤、南堤、华安、新村等，屈指算来十几个。买菜最多的普君市场，起码每周要去一到两次。如果说我对佛山有些许感情，除了一些人和事，很大程度上就缘于跟这些菜市场的"肌肤之亲"，因为它连着我和家人的一日三餐。也正是在这个过程中，我对佛山有了更多更深的了解。一个人如果跟这些最日常最贴近民间的场域没有深度接触，而去谈对某个地方的热爱，是要大打折扣的。这里面缺的不是见识，而是生活。

谭用兄的文字里有见识，但更重要的是有生活。或者说，他的那些见识是基于对生活的细心观察。他从常人眼中琐碎的无聊的小事中观照自我与他人与所处周遭之关系，进而品出生活的意义，悟出人生的真谛。"许多曾经苦苦追求的所谓幸福，其实不在过去和未来，只在眼下的盘中餐和身边人。"这样的文字，大疫之后读来，别有一番滋味。

除了现实与物质世界之种种，谭用兄还有一种更高层次的精神生活，即阅读与写作。他认为时间应该浪费在美好的事物上，"用文字记录生命的喜乐与感动"就是其中之一，这是他留给精神世界的一小块自留地。看得出，他对这块自留地相当珍视，默默耕耘，不问收获。不问收获而收获自来，那一篇篇小心翼翼的文字就是从自留地开出的一朵朵小花，这些小花无意间构成了一片花田，他将这片花田命名为"月光与糖霜"。

写作，当个作家，是不少人在青春年少时做过的"不着边际的梦"，随着渐渐长大成熟，其中的大部分人醒了，而谭用兄依然在梦里。他感慨地说，要纯粹地为表达自己的思想而写作实在太难了。我想说的是，作为一个写作者，很多时候，做一个默默的观察者和记录者，已足够。所幸的是，谭用兄听从了内心的召唤，为了不让记忆荒芜，将生活一一拾取，诉诸文字，聊以自慰。这些记忆即便不能垒筑成人生的高光时刻，至少可以陪伴我们度过幽暗的岁月。

谭用兄是一个阳光乐观的人，心存善念，行事磊落，做生意也不耍套路，凭真心待人。他看这个世界，看芸芸众生，所念所及，都是好的一面，所记取的都是人世间"温暖的那一部分"。

他乐于做一个"握笔的人"，以文字记录世俗，超越世俗。他说："我们都是在鸟群里，一起朝着春天飞去。"其道不孤，毕竟，谁不希望春天早点儿到来呢？

谨此为序并共勉。

癸卯季冬

佛山禅城

■　朱郁文：厦门大学文学博士，佛山市艺术创作院副研究员，《佛山艺文志》编辑，佛山市文艺评论家协会副主席。

第一辑

岁时记

新年的预备

小孩子的新年是从冬至开始的。冬至之后，踮起脚就可看见年关了。

拾松果

隆冬风厉，百卉凋残。赤空坡两肋的河溪变瘦了，走在坡原上，感觉自己突然长高了不少，河溪边的水草变矮了。平日蹦在半空吵得让人心烦的叫天子，突然安静了——那家伙大概去外婆家过新年了吧！就连平时河溪边半枝枯守的"钓鱼公"（翠鸟）也不见踪影了，此刻，我猜它正在沙洞里与邻居们围炉喝着小酒呢！我平时的任务是放牛，现在冬天，田垌里的作物都已收尽，牛也放了荒，牛彻底自由了，而我却有了新的任务——和姐姐去赤空坡的松林拾松果。

极目处，荒坡枯木，冷溪残荷。姐姐扛着一支竹竿走在前，我拿着两个编织袋子，紧跟其后。竹竿有屋檐那么高，在尾部绑一小截木棍，做成"7"字钩。松树挺且高，难爬得很，只能用竹竿在地上摘。将"7"字钩搭在一横枝上，用力一摇，哗啦啦！松果往下掉，像下冰雹。

姐姐平日的任务是取柴，按理拾松果是她的分内事，与我何干？但过新年不同，过年要用到松果的地方多着呢！首先是堂嫂要用松果来烘炒米饼——松果在炉子里烧旺，慢慢等明火转为炭火，在炉子上架一铁筛，米饼一个一个地往上码，渐渐表面干透，变得焦黄，新米的清新，松脂的馥郁，就阵阵从炉子里透出来了，盖都盖不住。其次母亲也要用松果来炒她的拿手好菜——大肠冬菜煨慈姑。先下大肠煸出油，再放慈姑在油里滑一遍，一同铲出。锅里留刚煸出来的大肠油，下冬菜，快速翻炒。待冬菜泛着油光，下细砂糖，酱油，洒少许水，煮沸。然后大肠、慈姑再次下锅，翻炒均匀，就着松果的小火，盖上锅盖煨10分钟，撒上青蒜，便可出锅。慈姑吸饱了猪肠的油脂和冬菜的咸香，吃起来粉糯入味；大肠和冬菜爽脆有嚼劲，吃得满嘴油光。父亲还要用松果来蒸芥菜包粢，二哥还要……反正用松果的地方多着呢！炒米饼、大肠冬菜煨慈姑、芥菜包粢这些美食也只有过新年时才能吃到。想想在不久的将来，就能满足口腹之欲的实惠，拾松果的差事并没有令我觉得反感，反而还有点庆幸，做起来当然是干劲十足啦！

芥菜包粔

做粔是我们乡下过年传统保留项目，如果哪年哪家过年没有做芥菜包粔，那这个年好像就跟没过一样。所以过年做粔在我们乡下是普遍而隆重的。

腊月一过，整个村子的妇人常会聚在屋檐下，三五成群剥花生壳、拣花生仁，或在老井旁洗刷簸箕、蒸笼和粔印。在村子走一遍，常会闻到从哪家的窗口飘出一阵新出炉的红糖味。花生和红糖是用来做粔馅的，花生是味馅，红糖是甜馅。这只是做粔的前期准备，真正的做粔"好戏"要到腊月二十六才会"上演"。

米，要提前一晚泡好。糯米、籼米都要泡，比例各不同。泡好之后要及时捞起摊开晾干。泡久了，米会烂；不晾干，碾不成粉。腊月二十六一早，兵分两路，男丁负责去米机房把米碾成粉，母亲和姐就去祠堂门口的碓臼排队春花生。听老人讲，祖上曾是大户人家，家里的妇人多，不屑于去别人家排队春谷、春米、春粔馅，就自家置下这一副碓臼，还专门在天井辟一块地来安放。碓臼是深埋下去的，臼沿与地面持平，碓臼四周平铺有方砖；乌木臼杵不是手持式的，而是平躺着，用俩石墩架起，一头用脚踩，一头自由落体春碓臼，脚踩式臼杵一个人也可以操作，而且轻松省力。碓臼虽是我祖上置下的，但是过年春粔馅也是要排队的。有人为了提高效率，就自行两两结对，一人踩臼杵，一人在臼口旁用手翻动花生。春碎的花生要挖出来，挖后还要往空碓臼里再添花生。如果是一个人舂的话，舂舂停停，断断续续，效率大打折扣。母亲和姐，母女同心，配合得天衣无缝，很快就舂好了。

做粑当天，全家总动员，每人都有具体的工作。母亲负责揉面、炒粑馅；我姐捏皮、入馅、收边；我负责把芥菜叶烫软；大哥包粑、挨个摆上蒸笼；爸和二哥在厨房里蒸粑。蒸粑是很讲究的，是个技术活。火候、时间都要掌握好，要一次蒸熟，中途不能揭盖（中途想揭盖来看看熟不熟？如果没熟，对不起！这一锅粑就浪费了，再回锅蒸，是永远都蒸不熟的了，说来也怪）。为了保证能一次蒸熟，除了在锅盖与铁锅接缝处用一条草绳封边，还要在锅盖的尖顶加扣一瓦钵。锅里的水烧开，放蒸笼，盖锅盖，封边，扣钵，一切妥当，在一旁插上一支香，蒸一锅以一炷香的时间为准。

有一年，我因嘴馋，心急，趁大人不注意，就走近灶沿用嘴对着那支香吹，让香燃得快点，好让粑早点出锅，结果整锅粑都没蒸熟。没蒸熟的粑吃在嘴里，粘牙，粘喉咙，露馅，只好碾糊来喂猪了。

杀年猪

父亲不识字，却自学了好几门手艺，如艾灸、抓草药、杀猪等。这些手艺里，唯杀猪我是最引以为荣的。首先是父亲有一套杀猪工具——各种形状长短不一的杀猪刀。按长短排序插在一木夹里，挂在洗手盆边的墙面上，明晃晃，我从来都不敢用手去摸，怕伤到自己。父亲还时不时取下来，在刀石上磨，父亲用拇指在刀刃上轻刮着试刀时，那神情动作别提有多神气。其次我认为父亲主宰了猪的生死和掌握了猪肉的分配权，跟上帝一样。

每年腊月最后几天，父亲都会被请去杀年猪，有本村的，也有外村的。父亲从墙上取下插满刀具的木夹，斜挎着背在身上，另加一个麻袋就出门了。如果是路程不太远的村庄，通常会带上我，而我也是很乐意的，最起码去了，当天就能饱餐一顿（猪下水是用来招待杀猪工人的）。父亲带着我走过田垌，穿过村庄，父亲斜挎着背在身上的木夹，里面插满明晃晃的刀具，引来村民的一阵阵侧目和小孩的围观。我跟在父亲的身后，也感觉沾了不少光，此刻我很满意是父亲的儿子。我知道在围观的孩子当中，有不少是羡慕我的。他们恨不得立马找一个理由与我们沾上一点关系，所以我跟父亲所到过的村庄，从不缺少玩伴。

父亲的刀法很准，通常是有一个人揪着猪的尾巴，稍稍地往上提，另一个人用钩子钩住猪的嘴巴，父亲手持长尖刀，上前就往猪的脖子上捅，捅一下，如果刀没捅尽，停一停再捅，一直把刀捅尽为止。然后喊人拿锡桶来盛猪血，接着抽刀一拔，鲜红的猪血顺着刀像喷泉一样涌出来，还带有温热。没一会，猪就慢慢倒下，直到四脚向天。接下来就是淋开水、刮毛、开膛、处理下水、分解。把猪头、猪尾、猪脚留下来，其余的猪肉按主人的吩咐分成若干等份，并督促领猪肉的人不能多领。猪头、猪尾、猪脚和猪下水要回锅里煮熟。猪头、猪尾和猪脚用来供奉神明，猪下水就是杀年猪工人的下酒菜。

有时父亲遇到猪反抗，等猪放干血倒地以后，也会骂上几句，然后抽几口水烟筒，缓一下神。但接下来的刮毛、开膛、分解从来也不敢含糊。因为父亲觉得就算猪死了，也要给它应有的尊严。我对父亲杀猪的步骤熟记于心，每次我都会在杀猪现场旁找一树杈或石堆，高高地往下望，身边围着一群小孩，半张着嘴巴，睁大眼睛听我给他们预告和讲解杀猪的步骤。

有一年除夕，父亲还被邻村请去杀年猪，因为是除夕，父亲没有带上我。晚上父亲回来时，天已经很晚了，带回来一只熟猪蹄和十几斤生猪肉。父亲把猪蹄放在饭桌上，然后往猪肉上涂一层粗盐，用竹篾一块块穿上，挂在屋檐底下。睡觉时，涂了盐巴的猪肉在寒风中摇摇晃晃，时而有油脂往下滴。下滴的油脂显示着寂静的存在，我逐渐入睡，对油滴声逐渐遗忘。翻了一个身，新的一年就到来了。

春天的农事

每年过了初七——人日，父亲就似乎闲不住了。总是在家里踱来踱去，一会翻箱倒柜，一会攀高爬低，把家里的竹筐、谷瓮都翻了个遍。竹筐用水洗净，翻过来晾干；冬天留下的谷种，一一过秤，用袋子装好。接下来的几天，父亲在等一场雨，一场透犁大雨。可惜天公不作美，似乎同父亲赌气一样，头几天夜里还有霜，早上起来，沙地里残留的脚印，一边还有淡褐色的湿痕。接下来几天，天色渐渐沉下来了，灰蒙蒙，但天公就是沉得住气，一点动静都没有。再过两天，天空开始飘起毛毛小雨，纷纷扬扬，你感觉不到雨的存在，但洒在脸上，却有一丝丝凉气。母亲说："雨子霏霏，癞狗不出门。"

摆放在庭院里的犁耙和门后的锄头，被冷落了一整个冬天，表面已泛着浅黄的铁锈。犹如父亲憋了一整个冬天的精气神，好想突来一场大雨，好让它们到田地里一展身手。天空依然阴沉着，没有闪电，也没有打雷。早春的天气早晚乍暖还寒，人们依然选择早早上床睡觉。半夜里，半梦半醒间，迷迷糊糊，转了一个身，听到窗外檐头的滴水哗啦啦！听，这阵势，酣畅淋漓，可真是一场透犁大雨啊！清晨，天蒙蒙亮，檐下的燕子，不知道什么时候回来了，正在窝里依偎呢喃。父亲一骨碌从床上坐起来，脸也不顾洗一把，抓起门后沉睡的锄头，扛在肩上就匆匆出门了。

来到秧底田里，父亲用闷带（汗巾）把腰间扎紧，扎起马步，往双手间吐了一口唾沫，就挥动锄头，翻起地来。封冻了一整个冬天的泥土，被夜里那场透犁的大雨浸泡了一整夜，也渐渐变得松软。一刻钟过去了，父亲额头冒着微汗，有节律地喘气，父亲把外面穿着的厚棉服脱下来放在草地上，只留一身单衣。翻过来的泥土散发着一股泥土特有的芳香。有时还带出一只正在昏睡的拱猪龙（一种蟋蟀），它被翻出来，先是一蒙，不明就里，然后揉揉眼睛，渐渐清醒，接着赶快找个小土堆就往里钻，像极了小时候我被母亲从被窝里揪出来上学时的样子。太阳渐渐从东方升起，父亲看着眼前被翻动过的秧底田，满意地露出了笑容。父亲坐在草地上抽了一口水烟筒，又急急起身把脱下的外衣穿上。在春天里过日子，急不得，妄想一日脱单，是不能够的。

傍晚，父亲要浸谷种了。把之前称好分量的谷种分别倒进不同的水桶里。如果天气太凉，还要用温水。咕噜咕噜，让谷种一次喝个够。第二天清早，用竹筐把浸泡了一夜的谷种倒出来，放到阴凉处静置。之后，每天早晚各浇一次水，然后盖上被褥。再等两三天，谷种长出指盖长的白芽。它弓着腰，环抱着身体，好像刚出生的婴儿，在沉沉地睡。父亲趁它一个不注意，又把稻谷以另一种形式归还于大地。把发芽的谷种均匀整齐地播撒在秧底田里，好像在跟它们说："去吧！广阔天地，大有作为。"末了，用秧耙拍平整，插上茄白（茄古的芯。茄古，学名野菠萝）为记。再过三四天，秧苗从秧底田里长出来，近寸长，鹅黄色，毛茸茸，像婴儿的胎毛。

在我们村，最早感知到春天的气息的一定是村口的那棵苦楝树。挂了一整个冬天的枯果子，一夜之间就全掉光了。接着枝丫开始抽芽，头两天，只是枝尖有两三个小芽苞，像猫爪。三五天不见，"砰"一声，爆裂式，嫩叶爬满了每一个枝头。接下来的日子，父亲就要驾牛犁田了。犁完水田，还要犁坡地，一时间，整个田垌都回响着父亲驾牛耕地的吆喝声。

水田用来插秧，坡地用来种花生，花生要在插秧之前播种。造垄，开坑，点种，填土，放粪，摊平。相当于，把花生重新埋在泥土里，然后盖上厚厚的棉被。花生长得比较慢，要一个星期后才能顶出一个小土包。再过两三天，终于探出半个小脑袋，它对世间的一切都显得好奇，都是那么欣喜。对谁都是最先打招呼——"嘿！你好啊！"让你不爱它都不行。

忙完花生的事，就要插秧了。

雨后，山峦明净，四野清新，空气如洗。稻田经过反复的犁耙之后，已经光滑如镜。蓝天白云倒立在水中，远远望去，俨然一幅水墨春耕图。挽起裤脚下田，田水还有一丝凉意。站在田间，俯身向大地，一手持秧苗，一手一株一株把秧苗插进泥土之中。——"手把青秧插满田，低头便见水中天。心地清净方为道，退步原来是向前。"——小时候不懂古诗的深意，只是腰弯久了，会偷偷站起来偷一下懒。这时，一阵风迎面吹来，风已经像棉花糖一样柔软了。

"世间的每一场演出，姗姗来迟的，总是领导，踩着点，和着全场上下齐鸣的掌声"。我觉得小草就是春天的领导，地里的春韭，都割过好几茬了，它还是稀稀拉拉。远远看去还像个样子，走近，大失所望，若有若无。难怪有唐人所记——"天街小雨润如酥，草色遥看近却无。"如果要等小草长成一点"气候"，那海都响了。"海响"，却东南风到，父亲的劳动也要转场了。

一日，村里的"渔网头"立于窗外，隔着窗喊父亲的名字："茂区！茂区！来海咯！"父亲隔窗而应——"我喝碗饭粥就来！"父亲啜完两碗白粥，拿起海帽，匆匆忙忙就往海的方向赶。

春天的脚步也跟父亲一样匆匆忙忙……

五月纪事

在我家乡，农历五月初一，每家每户都会在自家大门旁插艾枝。小时不解，总问大人为何意。我有一四婆，已八十多岁，她告诉我：当年黄巢入城屠人八百万，来到一地，见一妇人携两幼儿仓皇逃跑。手上牵一，背上驮一，由于一时惊慌失措，背上的幼儿给头脚颠倒着背。黄巢见了，顿生好奇，快马上前拦着妇人问道："这位阿嫂，急着是要去哪儿呢？"妇人答："听说黄巢五月初一卯时入城，要屠人八百万，我家是头名头字，赶着逃命啊！"黄巢指着背上的孩儿不解："为何倒着背？"妇人说："一时情急，背反了。"并道，背上孩儿是她大伯的，手上牵的才是自己的。黄巢惊奇："为何大伯孩儿要背着，而自己孩儿却只是牵着呢？"妇人道出缘由，大伯、大嫂去前线抗击黄巢，已被杀害，临终前把幼儿托付予她，她要为大伯留住香火。黄巢见妇人如此深明大义，瞬间动了恻隐之心，不忍杀之。故谎称是黄巢部下，正负责附近的村子，叫妇人不必再逃，到时放她家一条生路。为便于辨认，嘱咐妇人五月初一在自家大门旁插一艾枝为记。妇人回村后，没有选择沉默，而是把此消息告知所有村民。人们纷纷效仿，在自家大门两旁插上艾枝。五月初一卯时，黄巢率军进城，来到村子，发现家家户户大门都插有艾枝，无从辨认，但又碍于已答应妇人，不能失信，就干脆全村赦免。自此，每年五月初一，村民都会在自家大门插上艾枝，以求驱灾避难。

　　故事虽有很多细节经不起推敲，但我小时却被妇人的无私和叔伯间的亲情深深地感动，也不觉黄巢是一个十恶不赦的大魔头。正是因为他的诚信让我明白，任何坚硬的外表下都可能隐藏着一颗柔软的心。

　　我这四婆，九岁嫁到我们家族当童养媳。丈夫排行最小，为了在婆婆和嫂嫂们面前争一口气，十一岁还没灶台高，就用凳子垫在脚下，爬上灶台下米煮饭。我小时不喜她，嫌她话太多。四婆去世时九十多岁，我猜她长寿的秘籍或许是跟她一辈子热心肠、不服输和有话不藏着掖着有关吧！

　　父亲在世时，家里每隔三五年会晒一次艾绒。父亲不识字，却自学了好几门手艺，如艾灸、抓草药、杀猪等。晒艾绒五月艾最好，五月前的还太嫩，汁水多；五月后的快下桥了，老，不起绒，梗多。湖尾村的老井旁，有一高高垒起的小土堆，艾草过人高。父亲用刀砍回一捆，脱下绿叶子，枝梗不要。用簸箕摊开在正午的太阳底下晒一个钟头，收进来，随手把半干的艾叶在簸箕的竹篾上来回揉搓。搓完一轮，摊平，再在太阳底下晒。如此反复几次，艾叶就会慢慢起绒。在揉搓的过程中，有些叶子被揉成粉末，只要轻轻一筛，粉末就随竹箕间的缝隙筛走了。等艾绒晒干，就装进一布袋子里。

小时候，农村医疗资源紧缺，人们生病了，也很少会上医院。通常感冒、发烧、肚子痛都会叫父亲去帮忙看。父亲去了，先看手指，再看舌苔，也有把脉时，但很少。看过后，说一下病因，灸一火，吩咐主人家记下草药的名称，放几碗水，熬成几碗，一次几乎都能好（如果不好，人家也不会再叫了）。因为都是同村邻里，父亲从不收钱。有时会带上我，主人家过意不去，会给我一块几角买糖吃。初时我不敢接，只是看着父亲，经过父亲的默许，才敢收下。我小时性子也很顽劣，常不戴草帽，在六月天的太阳底下晒。母亲劝我不听，最后只能搬出父亲的艾火来唬我："现时就快活啦，今夜的'红蚂蚁'咬朵（家乡俚语）就莫哭疼咯。"小时候，睡到半夜，常会被肚子痛痛醒。父亲闻我呻吟声，起来点亮煤油灯子，帮我灸一火。母亲摁住我的手，父亲用针尾挑起艾粒，在油灯上烧红，之后放在我的手肘处，艾火灸得又辣又痛，常常哀求父亲快点快点帮我掐灭，但父亲总不为所动。一艾火灸过后，能睡一安稳觉。早上醒来，发现手踭处有一水疱（通常都忘了昨夜发生何事），不解，问母亲，母亲说，是昨夜"红蚂蚁"咬朵。水疱破后，会留下疤痕，我两个手肘处都有，这是父亲用艾火在我身上留下的印记。

五月初一，除了在自家门旁插艾枝，还要用粽子供奉神明。我小时没听过屈原的典故，村里的庙宇敬奉的是冼太嫲、敕封境主、李卫国公。有一年，记得是我小学毕业的那个暑假，我刚学会骑自行车。初一前一天，父亲叫我骑车去爵山埠买粽子。那天下着小雨，我骑着车，好像是刚从笼子里放出来的小鸟。第一次一个人自由自在地去一个较远的地方。你可以走左，也可以走右；你可以踩快，也可以踩慢；而背后却没有人总在指指点点，自由的感觉真好。买好粽子，我并没有立刻回家，而是去了中心小学和天泰小学。这两间学校是我小学期间最向往的学校，但每次都没有机会走进去一睹它们的风采。那天我冒着小雨，踩着车，把每个角落都巡了一遍，最后才满足地离开。那天，我骑着车想了很多，想到小学六年只在浑浑噩噩中度过，学习一般，偶尔还闯祸有人上门告状。觉得初中不能老样子过，要换一种活法。那天回到家，已将近傍晚，头发、全身衣服都湿了个透。迟归，让家人担心，挨了一顿骂，但我并没有因此而不开心。

那个暑假，我努力复习，开学分班考试，我以第37名考进了尖子班。那种一日长大的经历，我相信很多人都有过吧！

家乡有一月令童谣，其中五月唱道："五月五，龙舟板子渡海舞。"我们村附近没有龙舟，看扒龙舟，得骑十几里地的自行车去电城白蕉。那时我还小，嫌我累赘，哥他们每次都不愿意带上我。但我也不会因此而感到伤心失望，端午节过后，前期下过一轮"龙舟水"，村里挖矿留下的矿坑已涨满；端午过后，塘里的水已渐渐断冻，大人们也开始默许小孩去塘里洗澡（听说端午后，"水鬼"已上岸）。整个夏天，村里大大小小的矿坑就是孩子们的游乐场。

　　我第一次看龙舟已是上高中了。有一年，端午节上午，学校组织学生去水东湾看龙舟赛。去到东堤，坝上到处人山人海，根本挤不上去。后来听说爵山龙舟队闯进了决赛，决定留下来为家乡队加油助威。决赛时，使尽全身力气才钻出个口子，看了几分钟，那场面实在是激烈壮观，现在想起，都还全身热血沸腾。龙舟队最后取了第几名次，早给忘了，只记得在散去的人群中，巧遇了初中体育队的小师妹。她由于体育成绩优异，被选送来县体校两个多月。那时我还埋怨她，来了县城这么久，也没见来找我。她说，有好几次，一人在我学校门口静静地等，没见到我，也不敢向其他同学打听。那天，我们漫步在东湖公园的林荫道上，阳光明晃晃，洒在树叶上，闪银光；夏天的风穿过两旁的马尾松，留下沙沙的声音。下午，载着她回学校上课，她坐车尾架和我说话，声音忽近忽远。有些话好像还在耳边，这情景好像只在昨天，但时光一晃，人已到了中年。

父亲的九月

父亲刚去世那几年，常常会想起父亲一些琐事来。有时见到鱼池里的鱼在吃食，嘴巴一张一合，也会想起父亲住院时，我喂他进食的情景。后来随着时间的流逝，很多关于父亲的记忆也渐渐模糊了。但有几件小事，如今依然记忆深刻，细细想来，似乎都与九月有关。

趁　埠

九月的风掠过山兜仔岭，轻轻地吹向塘下垌。风吹过花生苗，叶子上下一扇一扇，像在向人们招手。风掠过稻尖，此起彼伏，掀起一层层稻浪，让人一阵阵眩晕。父亲光着脚在田埂上走着，鞋用草绳穿起来，挂在肩膀扛着的锄头把上，风吹着他腰间的"闷带"，飘扬着，像旗帜。父亲要去一趟爵山埠，毕竟九月是他一年中最清闲的日子，花生在悄悄地结实，水稻在默默地灌浆，离立冬的收割还有一段时日。父亲要趁着这个空隙把头发理一理，把之前断了的犁头焊接上，镰刀、麻绳也要添置，还要买条火格竹破竹篾，修补畚箕……

　　父亲在趁埠的途中，要顺道把塘下垌的稻田巡一遍，往前盐灶墩还有三分地。父亲把田巡完，才会走回大路，然后才从锄头把上取下胶鞋，跋上，穿过田埠村，再往前一里地，就到爵山埠镇面了。小镇只有一条"一"字直街，东面最顶头是镇政府大院，政府大院门口右边有一排瓦屋。第一间是金牙胜的修牙铺，门口长年累月立着一块可移动的木制牌子，白底红漆，上面写着"牙科"两个字。第二间是剃头邦的剃头铺，剃头铺平时最热闹。进门左边墙挂着一面大镜子，镜子前摆着一把可调节的大靠背椅，镜子斜对面躺放着一张竹床，其余空位摆着几张条凳。平时这里总会聚着一群男人，他们都是理发的庄稼汉。

　　父亲每次第一站就是剃头铺，单脚跨进门槛，随手把头顶戴的海帽（一种竹制帽）摘下，转身挂在门后。然后找张条凳坐下，随手拿起水烟筒，一边抽水烟，一边跟店主打招呼。通常这时，前面都有几人在等着，父亲向店主说明来意，询问一下大概的时间，就说先办其他事，待会再回头，相当于现在办事先去取号或预约。

　　出了剃头铺，左边是鱼桁，鱼桁往前两间就是农机站。农机站的修理师傅是父亲的老朋友，父亲在农机站并没有逗留，只是把断了的犁头铁放在工作案上，就去下一站——利民商店了。

利民商店的门口有人摆摊修单车，大门有一副折叠木门，白天叠起来放在门边，晚上收市时把门一拉，挂上锁，快速又方便。利民商店四边靠墙摆着一人高的货架，对开留一条走道，接着一排"回"字形玻璃柜台。大门进去右边是五金专柜，玻璃柜台里摆着一排白瓷碟子，碟子里装有各色各样的螺丝螺母，还有大小不一的铁锤和钳子。五金专柜尽头转弯的柜台是生活百货，里面有暖水瓶、各种大小脸盆，还有毛巾等。五金专柜正对着的柜台是文具专柜。文具专柜旁边（大门的左边）摆着图书，我小学时就在这里买过《新华字典》和"公仔簿"（连环画）。里面有个四十来岁的女人，头戴蓝布平帽，手套蓝袖套，没事时，手里总拿一鸡毛扫在晃来晃去。父亲去利民商店是要添置几把新镰刀，一捆麻绳，这些都是为立冬后的秋收做准备的。

父亲从利民商店回到农机站，犁头铁已被好朋友机接焊好，整齐地放在案上。机接比父亲年小，戴一副黑框眼镜，镜片跟啤酒瓶底差不多厚，一身工作服被机油、铁锈涂抹得几乎找不着布眼。父亲很少跟他说话，也没提起过他们是怎样成为好朋友的。我读初中时，他帮我焊过自行车的坐垫，焊接技术一流。

回到剃头铺，如果轮到父亲了，父亲就直接坐在镜子前的大靠背椅上理发；如果还要等，父亲又坐在条凳上抽起水烟来。抽完水烟，父亲会找来一面小镜子，一把剃刀，用刷子在肥皂上刷点泡沫，然后往自己两边脸颊上抹，接着举起剃刀刮自己的络腮胡子。有时也会加入庄稼汉们的闲聊，聊天的内容无非就是附近的奇闻逸事或一些关于越战的内容，什么许世友啊，杨得志啊，他们常挂在嘴边。

理完发，父亲会去鱼桁的豆腐摊，花一元钱买三个豆腐饼，然后找一鱼炸油锅让加工炸着吃，一为顶肚饿，二为解嘴馋。豆腐饼对角切成两半，放进油锅，在滚烫的油中悬浮着，四周冒着泡，发出"嗞——嗞——嗞"的声音。豆腐饼一块块地捞起来，父亲两块叠在一起，用筷子夹起来，一口咬下，外焦里嫩，满口油酥，吃得额头冒着微汗。

从鱼桁出来，如果时间还早，父亲还会回剃头铺跟那些男人闲聊一阵；如果时间不早了，就在鱼桁门口侧的竹器店，选一条火格竹回去破竹篾，选一条大斑竹回去改制成签担。

父亲把趁埠买来的东西和他的胶鞋捆成一捆，扛在肩上往回走。回到村口，远远地看见家里灶屋的烟囱升起一缕青烟，父亲知道母亲开始煮晚饭了。

补胶桶

那一年我考上县城的高中，第一次住校，一个月才回家一次。周五放学回家，吃过晚饭，去屋后的小树林散步。第一次离家这么久，城市的生活太喧闹，回到乡村，感觉清宁又亲切。

落日的余晖把整个村庄染成了金黄色，天空翻滚的乌云和通红的晚霞正逐渐融为一体，西边一轮红日已经贴在了远处的地平线上，开始它光芒四射的下沉。渐渐，天色暗下来了，村庄开始变得模糊，远处的群山消失了，近处的树林也四处苍茫，深秋的早晚露重，有一股透心的凉。"嘤——嘤——嘤——"胶鞋在黄泥地上拖行的声音，由远而近。忽然，树林中出现一个黑影，还没等我出声，他先开口了——"在干吗呢？"从声音可以听出，是父亲。我答："没干吗，只是出来走走。""回去吧！晚了，天冻。"说完，把他身上挑的担子摘下来交给我。我正想问他去干吗了，他说他去补胶桶了。去的沙扒镇，还遇到他的侄女，在侄女家吃了晚饭才回来。看来他今天的心情不错。我默默地挑着担子，跟在父亲身后，静静地听他说话，苍茫的夜色中，感觉父亲的背更驼了。

晚上，父亲侧身靠在床边，在昏黄的煤油灯下，数着一沓零碎的纸票子。我打了一盆热水帮父亲洗脚，叫他明天不要去补胶桶了，在家休息一天。父亲说："不行啊！我刚才数过了，钱还不够，明后再去两天，运气好的话，应该可以够你一个月的生活费。"

我把头埋得很低很低，眼泪一滴一滴地往洗脚盆里滴。此刻，我觉得眼泪比洗脚水还要滚烫。

蹲在田边的父亲比庄稼矮

九月的日子一天天地往下过，金黄的稻穗，腰身一天比一天压得弯，谷粒熟得将透未透，似乎在等待着一个日子。余晖把田野涂得一片金黄，夕阳斜照，天地一片苍茫。一阵风吹过，像刚蒸熟的一屉馒头，盖一揭，空气里弥漫着甜糯的稻米香。父亲蹲坐在田边，头发随着稻尖随风飘扬，父亲要守候在田边，陪稻子一起度过收割前最后的日子。

稻子收割前的几天，被父亲视为一季中最重要的几天。眼看着金灿灿的谷粒就要归仓，这个时候，如果稻子遭遇疏人看管的飙疯牛的践踏或捕鸟人的拖网，农人将欲哭无泪。一颗颗饱满的谷粒，嗖一下，全脱落在稻田，想捡却捡不起来，收获将会大打折扣。所以，这几天，父亲对稻田要"严加看守"。

父亲蹲在垄头，和堂叔。他们在一起抽着水烟筒，有时一阵窃窃私语，他们或许在谈论着今年的收成，也或许在讲述着前些日子在剃头铺听来的奇闻逸事。父亲和堂叔都在等待着隔壁镇糖厂的交班汽笛，每天，田间地头里的人与物，都以糖厂的汽笛为界。只有汽笛响过之后，取柴的人、放牛的人、捕鸟的人才会像倦鸟归巢，匆匆忙忙往家里赶。

父亲现在依然蹲在田头，只不过，他现在蹲得比草还要低。

蟹沟以北

一

我常常会做着一个梦。在梦里，在某个晴朗的午后，我独自一人顶着热辣的太阳走过长长的大坝。太阳把河溪两岸晒得泛着白光，远处的河面炎热在晃动。河溪的对岸水草丰茂，高过头顶的芦苇低垂着，无精打采。肥胖的白云悬在半空，一动也不动，好像在打盹。突然扑棱一声，草丛中飞起一对鹧鸪，把我从梦中惊醒。有时我又梦到和大哥在河面上划船，正当我们划得起兴时，突然河面出现一个大漩涡，把我们连同小船一起往下卷。醒来，又是一身冷汗。有时就着幽暗的夜色，靠着床头，点一根烟，细细地回想——梦里出现的地方，我是认识的，而且很熟悉——小时候大部分时光都是在那里度过。

我出生的那个村子叫平岚村。村子后面有一大片空旷的草坡，整个坡原被一条灰白的泥沙小路一分为二。小路像一条弯曲的贪吃蛇，悠悠地向北盘延，小路的尽头就是蟹沟。蟹沟是20世纪50年代末鸡打港围垦后形成的小海（内海）。小海被一条笔直的大坝一分为二，上半部分叫蟹沟，下半部分叫狗塘。过了蟹沟以北就是岭门镇，岭门镇也有一个平岚村。正是因为隔着这一脚水，我们都称对方为过水平岚。

春天，蟹沟两岸的河滩水草丰茂。清明前后，过膝的水草绿茵茵，春风吹荡，肆意摇摆，像一个醉汉。周末，我和小伙伴们常来这一带放牛。因为离家较远，下午又不用上学，中午我们都不回去。午饭，通常是东家带一撮米，西家带一把萝卜干，自己在河溪旁煮。夏天，蟹沟的水涨起来了，我们会跟一些大孩子去划船，有时也钓鱼，或在河滩边捉小螃蟹。冬天，蟹沟的水被抽到半干，河滩一下子就宽阔了。河滩上的鹭鸟成群，起起落落，像沙子也像雪粒。有时我们会在河滩上布陷阱捕鸟，我们躺在半枯的假马蹄草上等着，等隔壁镇糖厂的交班汽笛。每天，田间地头里的人与物，都以糖厂的汽笛为界。只有汽笛响过之后，取柴的人、放牛的人、捕鸟的人才会像倦鸟归巢，匆匆忙忙往家里赶。

八岁以前，我常常会站在大坝上，面向北方，无限好奇。无数次想象着，蟹沟以北的岭门镇将会是一个怎样的世界。我姑妈家的厦蓝村和舅舅家的海港村就是在岭门镇，只可惜我一次都还没去过。

二

我是八岁那年去的姑妈家，搭的冯马子的拖拉机，他是我们村第一个开拖拉机的人。他原来跟姑妈是同一条村，后来到我们村当了驸马，所以大家都叫他冯马子。他一年会回几次自己的家乡，父亲提前打听好，买好海货让我搭顺车，代表家里去探姑妈。第一次去，走的不是蟹沟以北的水路，而是走的大路。一路摇摇晃晃，昏昏沉沉，路上没啥记忆。去到已是下午，冯马子把我带到姑妈家，介绍道我是谁谁最小的儿子。西边的太阳斜照着，穿过堂屋的大门，落在堂前的一张八仙桌上。八仙桌正对门的位置坐着一个近六十岁的男人，满脸通红，笑眯眯的，看起来还算慈祥。我以前不喜他，因为听母亲说过，我大哥很小时，在一次酒席中，夹了他面前的菜，被他狠狠地批评了一顿。虽然没见过面，但对这个人心里有一阵发怵。我跨过高高的门槛，抬起头来，与他对视。他依然笑眯眯，问："你找谁啊？"我说："找你，你是我姑丈。"他拍了拍他身旁的条凳："过来陪我喝一杯！"接着向我递来一杯米酒。我接过酒，想也没想就喝了下去。他哈哈大笑："果然是我们家出来的人。""你不是第一次来我们家了，你在娘胎时就来过我们家。"——听母亲讲，怀我的时候，刚实行计划生育，为了躲避，在姑丈家长住过几个月。因为喝了酒，迷迷糊糊，之后的对话都记不清了，反正当晚回去时，是躺在拖拉机后卡上回去的。用一车麦麸摇晃着路上的房子和路灯，后来，连天上的星星和银河都被一齐摇动了。

第一次去姑妈家就这样稀里糊涂地过去了，但我觉得姑丈并不像母亲说的那样严肃和不解人情。

记忆中，姑丈好像没来过我们家，每次都是姑妈来。每年夏天，姑妈都会把刚收成的饭豆作为手信来做人客。用两个布袋子装好，大伯家一袋，我家一袋。我家的分量要多些，因为我家的人口多，够煲两三餐的样子，尝个鲜。前一天来，当晚在我家住一晚，第二天回去，不能久住，因为总记挂着家里的亲人、动物和瓜菜。回去时，父亲与大伯都会回赠一些鱼虾等海货。

姑妈来家住，家里的男丁都凑在客厅的床睡，房间的床就让给母亲与姑妈同睡。夜里，天未亮醒来，母亲和姑妈躺在床上一言一语说话。谈话的内容无非关于各自的家庭、孩子，说话声音轻而细密，在幽暗天光里一直持续。那些语言似乎是飘浮在空气里，它们会流动，会漫溢，让人心里暖和安定。我尚年少，在这样的声息里将醒未醒，觉得成年的女子，是有着格外饱满的俗世生活的。

我第二次去姑妈家是在十岁那年。

那年初，阿思堂姐结婚，姑妈来吃喜酒。临了，回去时，说来时姑丈再三叮嘱，回去时一定要带用仔去他家吃年例，他家年例是正月初十。这一次走的是蟹沟以北的水路。过了长长的大坝，跨过丰茂的水草，再穿过一片马尾松树林，前面横跨着一条十几米宽的河沟。河沟的水深且急，徒步是过不去的，要搭渡。这里没有专门的撑渡人，但时常有过往的船只，叫他们一般都会帮忙渡过去。有时候一时没有过往的船只，只能脱了鞋在河沟边等。过了河沟，这边就真正属于岭门镇了。前面是一望无际的盐田，盐田上有人在踏水车，有人在堆盐堆，有人铲盐进盐仓。那盐真白，白得容不下一粒沙子的灰。

过了河沟，我看一切都是新奇的，也就来了精气神，就快步走在前头。姑妈落在后面，挑着担子，一边加急脚步追我，一边喊："用仔，慢点！不要掉进水里，弄脏那件新新衫子了。"沿着盐田走一段，前面有一排低矮的厦屋，那是盐田的家属院。院子前有三棵黄麻树，又高又大，像三把超级大的太阳伞。走近，发现树荫下有一货郎担子，因此我也放慢了脚步，停下来等姑妈。姑妈走近，我说："姑妈，我口渴了！"姑妈说："噢！原来是我用仔口渴了，来，我们去盐田伯伯家借口水喝。"

走到黄麻树下，那货郎"叮咚——叮咚"摇着拨浪鼓，嘴里拖长声音喊："麻糖、豆割（花生糖）、五敛（杨桃）、杧果干！"走近货郎担子，还有猫屎糖（一种软糖，买多少剪多少，一边剪一边拉，可以拉很长）、话梅和汽水，整齐地码在簸箕上。姑妈说："用仔，喜欢什么？姑妈给你买。"我站在货郎担子前仔细地看了一阵，似乎没有看中的。这时货郎掀开簸箕盖子，伸手到下面的箩筐里摸了一阵，从里面掏出一个浅绿色罐子，有一个像"七"字的符号，上面写着三个字——我知道它是什么，它叫"健力宝"，要吃喜酒时才能喝到，大人一人一瓶，小孩却没有。上面的那个环一拉，"咻！"一声，像自行车漏气了。喝进嘴里，舌头上满是泡泡，一会，小泡泡又好像会跳舞，不停地敲击舌头。喝完之后打一个大大的嗝，然后会长叹一声：
"啊——"我立即用手指着那个罐子，没有说话。货郎笑着对我
说："这后生仔，果然北咪（懂货）！"

"多少钱？"姑妈问。

"三块五。"

付钱时，姑妈没有多犹豫，而我却如获至宝，一路上都把它
搂在怀里。

不知走了多久，来到一个分岔路口。姑妈指着上面偏东北的
那个路口说："向这条路去，就是你舅舅家的村子。"我们走的
是下面偏西北那个路口。前面一片丘陵地貌，田埂层层叠叠，像
水的波纹。地里因为冬天刚过，还荒着，走到村里，一排常青树
的矮林，密得很。隐约能听到村里的鸡叫，及看到一阵阵升起的
青烟。

这一次我在姑妈家住了好几天，我擅长爬树，收获了一群
小伙伴，因此也不会觉得烦闷。小表姐阿晚与我相差近十岁，平
时不怎么带我玩，但去远一点的地方就由她引着。初十年例，她
带我们去戏场看戏，去逛戏场脚的庙会。戏场和宫庙是临时搭建
的，沿着由竹篾围成的墙体，搭一排公座（神台），上面摆放着
从附近村庄请来"看戏"的木头雕成的神明塑身。色彩很鲜艳，
个子却比较小（为了方便走公，走公就是赛公的意思），文官神
情和蔼，武官表情严肃。在宫庙入口处挂着一面缸口大的铜锣，
进来的人会随手拿起旁边的木槌，咣咣地敲几下。那天我在戏场
脚的庙会上买到可以飞上天的气球，可以吹泡泡的手枪，还有表

姐给我买的一双波鞋。这是姑丈吩咐的，说大过年的，还穿拖鞋不合适，脚都开裂了。不要问我为什么还记得，那是我平生第一次穿布鞋。平时在家常年四八春都是打赤脚或趿双拖鞋。

再后来去姑妈家，已是晚表姐出嫁了。我们去喝喜酒，随的礼，封的红包。席后，姑丈把实物收下，红包却退了回来。他说："最小的女子结婚，借此机会亲人聚一聚，以后这样的机会恐怕不多了。"回来时，我和姐姐跟在大伯的身后，内心有种莫名的伤感。

最后一次去姑妈家，是姑丈去世。

那天刮着台风，表哥冒着雨来报丧。匆匆只说了出殡的时辰，又赶着去下一家了。那年我读初三，哥哥们都出去打工了，家里只我会骑自行车，因此派我去送帛金。第二天一早，天蒙蒙亮，台风过后，天还夹着微微小雨。我骑着车，心里空落落的，一路狂奔，只想能快点去到姑妈家。到了，表哥领着到堂屋给姑丈上香，我那时毕竟还年轻，心里是害怕的。姑丈躺在堂屋中间，身上盖着一张四边白中间红的布，脸半遮住，头发露在外面。整个身体，只能看到完整的双脚，蜡黄，没有血色。我跪下，叩了三个头，哽咽着，说不出话来。上香时，手在抖，不敢多看，就退了出来。把帛金给了表哥，没敢多留，匆匆忙忙赶着回校上课。一路上，内心依然空落落，雨把头发打湿，眼睛也模糊了，不知是雨还是泪。

到学校，早读已经开始。毕业班，班主任很痛恨学生迟到。在黑板上写着"光荣榜"三个字，迟到的，自觉在黑板上写下自己的"大名"，然后站在讲台一旁，听其他的同学早读。我站在靠门的位置，也没有向老师说明迟到的缘由，只在角落里默默地流泪，也不知是因为委屈还是伤心。

我一直都认为表哥、表姐他们的名字很怪。大表哥叫拾英，二表哥叫阿大，大表姐叫阿桂，二表姐叫阿嫌，三表姐叫阿厌，小表姐叫阿晚。有一年，我在海南五指山市的工地上，有一工友，跟表哥同村，跟他聊起我已故去的姑丈。他说姑丈在他们村可算得上传奇人物——一个未婚的二十来岁的大青年，竟然拾了一个小孩来养——那就是我大表哥拾英（婴）；二表哥是姑丈亲生的第一个孩子，所以叫阿大；大表姐是姑丈的第一个女儿，矜贵，所以叫阿桂（贵）；接着一直生女儿，心情也就由"嫌"到"厌"，最后到小女儿阿晚。由此看来，姑丈是一个性情直率的人。因此，他批评我大哥夹他面前的菜，也不足为怪了。

三

姑妈家的厦蓝村东邻有个村子叫海港村，那里有我舅舅家。在我八岁之前，唯一一次与舅舅家有关联，那是因为我的薄表姐。

那年夏天，有一个午后，阳光格外刺眼，我和大哥在蟹沟左岸放牛。远远地看见河沟对岸那片马尾松树林里冒出两个白影，像两朵白云缓缓地向前移动，它们飘过大坝，来到我们面前。原来是两个十六七岁的女孩，穿着白色的连衣裙，一个长发一个短发。长发的皮肤白皙，脸上有腮红，像水蜜桃，饱满多汁，看着就让人想凑近嘴巴咬一口。我们一群男孩，看到两个女孩，一下子就来了劲。有人起哄，有人挑逗，总想在言语上讨得一点便宜。其中我大哥就喊："妹子，去哪啊？去我家啊！"然后一阵哄笑。俩女孩涨红了脸，埋着头急急地往坡原上走。

晚上，我和大哥放牛回家，却看见白天那长发女孩坐在我家门口。她见到我们立刻站了起来，笑眯眯，眼睛一眨一眨。大哥说："怎么是你？"她说："是你叫我来你家的啊！"大哥立马放下牛绳，提起身边的水桶匆匆忙忙去打水饮牛了。

她是我大舅的小女儿，也就是我的小表姐。叫阿薄，十七岁，白天与她同行的短发女孩是村里别人家的亲戚。第一次来我家，因此我们都彼此不认识。薄表姐来我们家不怕生，就像在自己家一样。早上起得很早，帮我妈生火，和我姐去老井挑水、洗衣、喂猪，样样都做。对我也爱护有加，有好吃的，她自己的那份不舍得吃，留给我。我喜欢她穿白色的裙子，配着白里透红的脸蛋，简直是仙女。我哥他们有台录音机，我总是偷偷拿出来，在我姐的房间放给薄表姐听。那年我忘了什么原因，好像是来让我妈给她介绍对象，还是让我爸给她介绍工作。反正在我们家住了半个月，没有什么结果就回去了。回去时带上我姐，我也想跟着去，但妈不肯。说我还小，让姐姐先去认路，认好路，等我大一点带我去舅舅家。

小时候，家里打鱼，隔三岔五会捕到鲨。有一次凑了几天，攒了五只鲨，爸就让我和姐姐去舅舅家。鲨难处理，怕舅舅不会宰杀，一早就叫我和姐姐挑着鲎走路先去。爸打鱼回来，吃过午饭再去帮舅舅宰杀。

姐姐也不算大，加上带着我，不敢让我们走蟹沟以北的水路。只能走小路经鸡打村绕过蟹沟那一脚水，结果兜了个大圈。本来是很累的，但想着去舅舅家可以见到薄表姐，也就坚持下来了。一路上，我跟在姐姐的身后，走走停停，累了找个草堆坐一会。大半天，才去到上次姑妈说的那个分岔口，我们走上面偏东北的那个路口。村貌跟姑妈家那条村差不多，只是舅舅家在一口硕大的池塘边。那时应该快近中秋节了，记得池塘里有很多小孩在潜水挖莲藕。

舅舅家门口的左边有一口水井，再往前的池塘边有一丛刺竹丛。右边是牛棚，再往前的池塘边有一棵分不清主干的细叶榕，夏天时可以在上面挂网床，很是凉快。里屋有一个小院，晚上睡觉时，院门是要关起来的。薄表姐在自家也很勤快，早上我们起来，不是见到表姐在井边洗衣，就是去蔗园给我们砍回了青蔗。晚上，舅舅在池塘对岸的戏台墟子卖糖水，炸蚝炸、鱼炸，表姐也要帮着收钱，收拾桌子。表姐无论是在井边洗衣，还是在昏黄的灯光下来回奔忙，在我眼里都总是那么楚楚动人。

过了两年，薄表姐又来了一次我家。这次她身边多了一个男的，长得白白净净，够大够高，油头粉面，有点现时小鲜肉的模样。表姐依然穿着那条白色的连衣裙，这一次显得有点娇羞，眼神总是躲躲藏藏。向我妈介绍，这是她的男朋友，叫我妈帮帮眼。我能理解，热恋中的女孩，手里总会捧着小男友刚送的如人大的笨笨熊公仔，或一大束殷红的玫瑰花招摇过市，对旁人的目光是不屑的，内心却是欢喜的。恨不得要对全世界宣布，他是我最爱的人，我要爱他一辈子，以表达此刻她内心的矢志不渝和誓言永世。

这一次，表姐只在我家待了一刻钟不到就回去了。不久，表姐就结婚了。

后来关于表姐的一切，都是听我妈说的——婚后，女儿出生。不久，她丈夫因为参与在火车站伪造售卖假火车票被抓。或许因为不是主犯还是因为供述有功，关了两年就放出来了。回来没多久，仇家寻上门，提刀把他的脚后筋给挑了，落下半残疾，粗活重活也干不了，此后表姐的肩膀就挑起了整头家……

去年，表哥的儿子结婚，我和妈去喝喜酒。舅舅家门前的池塘已经被填平，上面建了几栋小洋楼。舅舅原来的旧庭院也只有舅舅一个人住了，表哥一家住在新房里。酒席散，我妈和一个中年女人在旧庭院聊天。女人身穿一条白底紫色兰花的连衣裙，因为太旧，白底显得有点灰黄，像面粉袋子。短发，枯瘦，脸色暗黑，满是皱纹。

回来的车上，妈问我："刚才和我聊天的那个是你薄表姐，你认得吗？"我一脸愕然！我完全无法把那个枯瘦、脸色暗黑、满是皱纹的中年女人，和我印象中皮肤白皙、脸上红扑扑、像水蜜桃一样水灵的薄表姐联系在一起。

"我那侄女，这一辈子也真命苦啊……"妈又在倾诉表姐的血泪史了。我赶忙打断妈的话："妈，今天喜庆的日子，就不说那些伤心的事了。"

　　说这话时，我分明感觉到我的声音在颤抖。

四时街坊

黑　仔

　　他大不了我几岁，他是邻村人。我读初中时，他辍学在家，整天骑辆男装摩托车，在街头巷尾呼呼地飞来飞去。他个子矮，但很壮实，皮肤晒得黝黑，大家都叫他黑仔。他在大家的眼中，俨然是一名无所事事、游手好闲的不良青年。

　　我高中毕业那年暑假，去广州的工地里打零工，他也在。他白天依然无所事事，晚上在工棚里跟一群人赌钱。我在那工地待了二十来天，后来丢了钱包和身份证，向工头借了车费回家了。那天早上，在海珠客运站等车，黑仔站在我旁边。我转过头，他微笑着向我点头。上车坐定后，他问我买票没有（先上车，后买票），如果没有，一会跟我一起买。

　　车开行了一段后，售票员一路从前排往后售票。到我们，黑仔问，回电白多少钱？售票员说60元。黑仔说最多40元，如果不行，叫谁谁谁过来（说了一个人名）。售票员拗不过他，只好回车头报告了司机。过一会儿，售票员过来说，某某哥叫你到车头买票。

回来时，黑仔的手里捏着两张40元面值的车票。之后，我们一路也没怎么说话。回到海怡路口下车时，他拍了拍我的肩膀，说了一句："出了电白，我们就是老乡，出门在外，要彼此照应。"

就此别过。

此后二十多年，没再见过黑仔，但我依然记得他。

老　舅

老舅是工友的老舅。那一年他将近六十岁了，刚从海南回来。年轻时因为在当地娶不到老婆，所以去了海南。四十几岁才结婚，虽然已将近六十，但最大的小孩才上初中，最小的还没上学，压力可想而知。

他有三个外甥在工地里打人工挖孔桩，四个人一组，刚好把老舅带上。老舅几乎没有什么娱乐。每天放工，早早洗过澡，就去附近的电子厂门口的草坪里坐着，看来来往往的人群，看电子厂进进出出的打工妹。晚上九点过，天气凉爽了，就回工棚躺下睡觉。白天太阳多辣，也不穿上衣，光着膀子，皮肤晒得黝黑，像烧鸭皮。

我们年轻人每天放工，晚上不是在烧烤摊，就是在录音室（歌厅），而每次老舅都不参与。有一次，我叫老舅去唱歌，他死活也不肯。我说："才一元一首，花不了几个钱。"老舅说："划不来，一首歌几分钟就唱完了，在海南时，一元钱有一壶菊花茶，茶水、白糖任加，一壶茶可以喝一整天。"

有时我也会陪老舅去厂门口的草坪闲坐。老舅看着过往的人群，进进出出的打工妹，若有所思。不知老舅是在追忆还是在叹息呢？

农场的女人

有一年夏天，老婆的单位组织去旅游。炎炎夏日，上午参观湿地公园，中午在附近的农庄烧烤，下午被导游带去一农场品尝珍奇水果。所谓的"珍奇"，除了神秘果和嘉宝果少见之外（限量，一人两小颗），其余的都是农场的滞销水果，只不过是换一种销路而已。

我吃了几颗龙眼之后，起身在农场四处逛逛。瓜架下挂有丝瓜，到处都是，却不见有人采摘，有些还风干了。瓜架旁边有几垄地，种着秋葵。那几年秋葵刚兴起不久，相传营养价值丰富，很受追捧，一度价格炒得奇高。旁边有一个女人在打理，我问她："秋葵能卖不？"她说："卖，5元一斤。"说完就去棚寮里拿袋子来帮我摘。摘时，她专挑小的给我摘，我好奇，问她："为何不给我摘大的？"她说："大的老了，口感不好，小的才嫩。"摘完，回来的路上，我又问："这么多丝瓜为什么不卖啊？怪可惜的。"她说："丝瓜过季了，这些只能留种和当锅刷了。"说完还摘了两条，说送我回去刷锅。

丝瓜瓤刷锅确实好用，秋葵也很嫩。其实，她完全可以摘些大的、老秋葵给我。毕竟我对于她，只是过路财神，一辈子也见不着第二面了。但有时也要相信，这世上依然有些人的心，像丝瓜瓤刷过的锅一样，光滑清亮。

新邻居

对面三楼来了新邻居，没见过面，只听过声音。每天傍晚，总有一小女孩，奶声奶气地喊着："妈咪，妈咪，开门！"声音里满是愉悦与富足。有时也听到男主人在耐心地辅导着小孩的作业。可以断定：这是一个温馨而有爱的三口之家。

有一天，晚饭时间，对面传来咣当的声音，接着是小女孩呜咽呜咽的哭声，像一只小猫；伴随着就是男人的训斥，山洪暴发。缘由应是，小女孩调皮，把饭菜给掀翻了。

温馨有爱是这一家三口，山洪暴发也同样是这一家三口。从一个极端跳到另一个极端，往往只是一瞬。正所谓"母慈子孝的背后是鸡飞狗跳"。

南苑与林记餐厅

南苑与林记餐厅只有一巷之隔，都在菜市场的西南角。

南苑很大，三进两院，前院用于种树和停车。每天早上，太阳爬过院墙，绑在树上的喷淋就会自动喷水，瞬间整个院子腾云驾雾，折射出一道道的彩虹。院子停的车都是港澳车牌，但很少见到人。

林记餐厅很小，小到一眼可以看完。几张桌子，几张凳子，锅碗瓢盆一眼看尽。林记餐厅只做早餐，上午十一点就会收摊。每天来林记餐厅吃早点的人形形色色，有银行职员、公交司机、菜场小贩、环卫工人，大家都图个经济实惠。

南苑有位老人，八十来岁。每天都趴在院墙的窗口，看林记餐厅来来往往吃早点的人，有时还"咿咿咿"地与老板娘打招呼。老板娘负责拉肠粉，以为老人想吃，就盛了一条给他。后来被老人的儿子知道了，就去街道办投诉林记餐厅排水污染，噪声扰民。

后来，林记餐厅搬走了。没多久，南苑的老人也死了。

转　行

某圩日，路过沿江街，单车突然爆胎。推至附近单车修理档去补，修车师傅很忙，无暇搭理。只好在一旁等。

　　单车修理档旁边有一药材地摊。摆地摊的是一位年近六旬的老人。前面立着一个用纸皮写着"祖传秘方，专治疑难杂症……有病治病，无病健身"的广告牌子。路过的人很多，摊摆了半天都没有人光顾，生意很淡。也许是无聊吧，或是出于热心，见到这边师傅忙，就主动过来帮忙。知我要补胎，他拿起工具就帮我补。一刻钟工夫，补好了。付过钱，走时我心里还存有一份感激……

　　又一圩日，我再路过沿江街。经过单车修理档时，却不见那药材地摊了。但见前面10米处，有一个用纸皮写着"修单车"的牌子。走近，那位修车"师傅"正是那天摆药材地摊的江湖郎中。广告牌的反面还依稀可见"……有病治病，无病健身"那些个"黑"字。

秋　游

上周五，接放学，刚出校门，小谭老师就对我说："我下个星期三要去盈香生态园学习一整天。"（儿子因平时在家老给我俩"上课"，故得名小谭老师）回到家，从书包里找出一张通知书让我签名。所谓的"学习"其实就是学校组织秋游，明显是被通知书里的"实践研学"给误导了。

周六外出，像脱缰野马，在商场里来回飞奔，满头大汗，喝也喝不住。午饭时，经不住诱惑，吃了一整块炸土豆饼，完全把他下周三要去"学习"的任务抛于九霄云外了。

周日早，揉着红眼睛，无精打采地瘫坐在椅子上，告知喉咙痛。喉咙的风箱已拉响，喘息声明显。吃完早餐，喂了5ml盐酸丙卡特罗溶液，告之，为了周三的"学习"任务，建议吃一整天的白粥。晚上吃粥时，小谭老师意识到了问题的严重性，主动要求，明天的晚餐也吃粥。睡前，为了防止症状恶化，特意做了一次雾化吸入。

　　周一早，叫了几次，艰难起床。喉咙依然痛，喘息声平缓，没有再喂药，上学了。下午两点，接到老师的信息，告知小谭老师起床后呕吐，有感头晕，精神一般。接回家休息。晚上喂药，吸入雾化，睡觉。

　　周二早，喉咙依然痛，呼吸喘感加快，不能去上学了。小谭老师枯坐在餐桌前，沮丧地说："哎呀！看来这一次又不能去秋游了。"（春游也是因为生病而没去）我安慰道："也不一定！离明天早上不是还有24个小时吗？现在我们应该去看医生。"挂号，排队，诊查，取药。在车上，喝了一瓶咳喘灵口服液。过了一会，小谭老师说："这个咳喘灵真好，我刚吐了一口黄色的痰。"晚上白粥，吃药，睡觉。

　　周三早，闹钟刚响，第一时间弹起来，像装有弹簧，比我起床还要快。穿衣刷牙，全程不用催。上学，旅游大巴已整齐排列，小谭老师小跑着奔向教室。

　　这一次秋游的景点，算起来，他已经去过四次了。幼儿园时，与妈妈去过；前两年，与外公、姨妈一家去过；一家三口也去过两次，最近的一次就在两个月前的暑假。其实，我知道，对他来说，去哪里旅游并不重要，重要的是跟谁一起去旅游。

　　我看着他瘦小的背影消失在教学楼的拐弯处，我明白，终有一天，他的身边会有别人陪他吃饭，陪他看医生，陪他去旅游。想起一句话：所谓父子一场，只不过意味着，你和他的缘分就是今生今世不断地在目送他的背影渐行渐远。你站立在小路的这一端，看着他逐渐消失在小路转弯的地方，而且，他用背影默默告诉你：不必追。

"双11"愿望

时光匆匆独白

将颠沛磨成卡带

已枯倦的情怀

踏碎成年代

车厢里单曲循环播着陈鸿宇的《理想三旬》。

初冬午后的阳光,透过车窗晒得我全身暖融融。懒洋洋地倚着车窗,此刻什么都可以不想,享受着这难得片刻的清静。

"叮咚"。

手机里的购物APP传来铃声。我欠了一下身体,瞄了手机一眼——"亲,你们店'双11'没有优惠的吗?"我轻轻用手将手机拨开,没有理会。

随着"双11"购物狂欢节的临近,像此类的问题,都已被问过无数次了，早已疲于回答。有时不是不想回答，而是真的不知道如何去回答。

这几天在各种媒体，看到各大购物平台，无数家店铺都在争着、抢着喊自己卖得多么多么便宜，商品有多么多么优惠。而我的脑海里想的却是《唐伯虎点秋香》里的一个桥段，唐伯虎想混进华府当用人却遭遇了激烈的竞争，因此两人就比起谁更惨，谁更贱，当然最惨的那个，最后都是没有什么好结果的。

这年头，"双11"不打个折，不送个红包，不派张优惠券都是异类，都不配做电商，甚至都不能在地球上生存。但我始终认为，好的商品就应该有相匹配的价格，这既是对商品提供者的尊重与犒劳，也是对自我品位的一次认可；有了好的价格才能有好的利润，有了好的利润才可能有好的研发，有好的研发，才可能有更好的商品。难道就为了所谓的低价而去购买连质量都不能保证的商品吗？消费者应该愿意为设计买单，为技术买单，为商品提供者的每一份用心服务买单。

从事电商这个行业已经五年了。有时会有亲朋好友劝我转行，说我根本就不适合这个行业，不善于与客人打交道。但有时真正不舍得割舍的，却往往是这几年来一直陪伴着我的那些可爱的客人。比如四川巴中的廖老师，一年会来订两次货。每个开学季都会给两个月的备货时间，会先把货款直接转进账户，然后电话里确认花色与数量，最后就是等着收货就可以了。我们在三年的合作中培养了彼此的默契。还有在澳门做母婴用品批发的丘先生，几年来，每次下单都没有跟我议过价，因为他懂得，这个行业本来利润就薄过刀片，如果再压价，就真的连质量都不能保证了。再有辽宁沈阳的吴老师，从创办第一间精品幼儿园就是在我家订被子，当时她对后勤一窍不通，到今年9月第三间精品幼儿园开园，中途才在被子的改良上给了我很多中肯的意见。谢谢您，给予我们共同成长的记忆。这五年里，我们欢聚喜乐、创造颠覆、悲伤沮丧、彷徨迷失，如神农尝百药，百味情绪一一尝过，但到了最后的时刻，心里所念所及，都应是温暖的那一部分。

翻看QQ空间，最后更新的日志竟然是五年前元旦前夕刚入行时写下的心情，现在品读，时光如在昨天。

2013，为爱而战

辗转间
已准备告别这个充满寓言和变幻的2012
回首今年
在汗水与泥巴中奋战12个月
在酸甜苦辣中细嚼 破茧 跃进
为的是您一个肯定的目光
我挚爱的父母，我的爱人

新年将至

拿什么回家，表达我的爱

亲手为您做一顿饭，盛一碗热乎乎的汤

布置一个暖心的家

在寒风中，只剩下最后黄金倒计时了

我们已准备好被铺，牙膏毛巾驻守大本营

2013，继续为爱而战

如果今年"双11"也要给自己许一个崭新的愿望的话，我会许：多一分真诚，少一点套路。

生活记趣

满分作文秘籍

上周五，小谭老师一回到家，从书包里找出一张语文试卷，翻到背面，追在我身后，兴高采烈地把他的"得意习作"——满分作文读给我听。

故事情节生动，逻辑较为严密。对一名小学二年级的学生来说，如果让我来打分，我愿意打120分。

听完，我转过身，甩了一下头，对小谭老师说："你应该感谢你妈，这么冷的天给你洗大力菜。"

小谭老师听后，有点不好意思，笑着说："才不是呢！这个故事是我看过的；暑假的时候，在学校借的《360天好故事》里看过的，我还记得呢！我只是把里面的大灰狼改成小狐狸，把小黄鸭改成大红鸡；结尾，小黄鸭把大灰狼胖揍一顿改成大红鸡把小狐狸赶走了而已。"

我听完后，哈哈哈大笑起来，说："我读书的时候，考试作文经常得高分，也是这样得来的。"

所以，满分作文的秘籍就是：多——读——书！

绿衣服的特殊功能

气温骤降，早上叫小谭老师起床上学，帮他找了一件绿色的羽绒外套，然后去烧水，煮早餐。十分钟后，小谭老师依然对着那件绿色的羽绒服无动于衷。

"快迟到了，为何不穿衣服？"

"不喜欢！"

"总不能因为不喜欢，以后就不穿了吧？"

"我星期六、星期天再穿。"

拗不过，只好换一件黄色的，上学要紧。

周六，再把绿色衣服找出来。

"你说过星期六、星期天穿的哦！可不能反悔。"

小谭老师看起来心情不错，我就多问了一句：

"现在你能告诉我，为什么不喜欢穿那件绿色的羽绒服了吧？"

"因为上学的时候，每次做完眼保健操，老师都叫同学们多看绿色，然后……然后同学们都盯着我的衣服看，我去哪，他们就跟到哪……"小谭老师一脸委屈。

这绿衣服的特殊功能确实令人苦恼。

志玲姐姐叫你起床

天气转冷，早上叫小谭老师起床上学是一件令人头疼的事情。每天叫过好几遍，起床总是拖拖拉拉。

有时妻子实在不耐烦了，就放出狠话："明天开始，我就不叫你了，我调一个闹钟，到点了自然会响，响了，我也不会按停，一直响、一直响，响到你起来为止。"

"这样可不行！"

接着话，我倾诉起以前被闹钟叫起床的痛苦经历。

我以前有过一酷派手机，闹钟铃声竟然是公鸡打鸣的声音。每当美梦正酣，突然耳边"喔——喔——喔""喔——喔——喔"叫个不停，常常在睡梦中惊醒，条件反射一骨碌坐起来，接着到处找手机，以最快的速度把闹钟按停。然后才发现惊出一身冷汗，如果心血少，真能被吓昏。

"然后呢？然后是怎么解决的呢？"妻子追问道。

"后来我就把闹钟铃声改成一开始旋律比较轻柔，然后渐进高潮的，我比较喜爱的《一生有你》。"

"好，那我就把闹钟铃声调成《狮子王》的主题曲，那是你儿子最喜欢的。"

"不行啊！"我赶快解释道，"如果你想毁掉一首歌，就请把这首歌调成闹钟铃声吧，我现在每次听《一生有你》，简直就想吐。"

　　"难怪耶！难怪你儿子那么讨厌我，原来是因为我每天都叫他起床。"

　　"……"

　　"我决定了，明天的闹钟铃声我就调成林志玲的声音叫你儿子起床，这下看你还有什么话可说，哼！"

　　说完就扭头进厨房把热水倒进暖壶了。

故乡的钟鼓楼

2017年的最后一天，多年没见面的老同学，给我发了一张照片，问道："这里近你家了？"照片的中间屹立着一座钟楼，青瓦屋檐与天空连成一片，任由时间切割，肆意感受阳光的斑驳。

电城钟鼓楼，县志有记：钟楼始建于明代天启七年（1627），属神电卫城指挥烽火台，亦是粤西南海滩涂沿海共二十四座烽火台的主要驻兵指挥台之首，崇祯二年（1629），知县李祁将其改为"文昌阁"，题额曰"云门"。清康熙年间，知县郭指南重修。嘉庆二十三年（1818）知县蒋善功再做修葺，民国期间也曾有过修缮。历时近四百年，城内钟楼至今幸存。钟鼓楼位于电城镇十字街口，城台上下两层，楼阁高耸，悬山顶，灰雕脊，重檐斗拱，画栋回廊，红墙灰瓦，典雅古朴，气势恢宏。

　　吉光片羽，变幻莫测。是幻觉，还是真相？人们在这个过往与未来交错连接的街区穿梭，有些人曾记录了和记取了属于这里的生命时段和记忆。在当地作家黄桦的小说中，钟鼓楼上曾悬挂着革命先驱那血淋淋的头颅；在父辈茶余饭后的谈资中，是当年日本兵登陆电城时在钟鼓楼上广发布告；而在我的记忆中，印象最深刻的就是钟鼓楼上那四季飘香的鸡油饭。我的物理老师曾开玩笑地跟我们说："谁有机会去参加全国物理比赛，到时我带谁去电城钟鼓楼吃鸡油饭。"为了这句半真半假的玩笑话，我曾努力学习物理，并有幸吃上了鸡油饭。米粒油光顺滑，芬芳扑鼻，现在想起来依然垂涎三尺。

　　大千世界，纹路万千；生活样本，近在咫尺。小城人的生活不急不躁，量力而行。曾记得，在钟鼓楼旁有一家八五折书店。老板总是把最新到的报纸杂志摆在最外面，每天坐在竹椅上，歪在桌边看书。我初中时常把每星期父母给的10元生活费，每天省下5毛，然后骑车十几里路，到八五折书店买最新的《作文通讯》。八五折书店是我读书时代的精神食粮原乡。钟鼓楼下卖家乡小食的鱼炸全，听说他的技艺被中央电视台采访报道过。每次回家，想去尝鲜，因为排队人数太多，且限量供应，总不能如愿。或许鱼炸全从来都没有想到过，曾经他只想靠一门手艺赚钱养家糊口，而现如今靠着以手抵心的坚持，在单调和反复的制作中达到技艺的完美，让他名声在外。各地猎奇者慕名前来，颇扰了他晚年的清静。正应了那一句：无论做什么事情，只要付出耐心，时间会陪我们甚至帮我们等到结果，并从来都将结果如实交付与我们，从未令我们失望。

亭台楼阁，庙宇街坊。老城的一切让人安心，它如此豁达，与生活在这里的人们长久地互相照顾着。一座城的贡献者，来来往往，祖祖辈辈，在历史和现实间，小城的人们修旧如旧，绵泽后世。曾有一方的治理者，到处留名，幻想流芳百世，如今他的书写已经添了新色，而他的署名早已被人们磨平，想来着实令人嘘唏不已。

第八届广东省鲁迅文学艺术奖获得者张慧谋先生曾经说过："在你转身的刹那，时间是不会停留下来的，我们生于斯长于斯的那个故乡，也分分秒秒在变老。当一个人的意识里没有了故乡，他必然是被故乡抛弃了、淡忘了。当一个人不热爱他的故乡，他必然是忘记了出生地和亲生父母，忘记了他从哪里来，忘记了生命的源头和血缘里固有的元素。"

电城，我在这里诗意地生活过，这些记忆，清亮且隽永。

时间的无言

　　窗外的寒风把竹排上挂着的帆布吹得呼呼作响。心心念念的一月一更的推文，当枯坐在桌前，面对着硕大的电脑屏幕，放在键盘上的手却敲不出一个字来。思绪随着窗外的风四处游荡，漫无边际，却找不到一个可以着落的点来。或许因为一年的日子又所剩无几，思绪万千，面对一年来一直陪伴着的，关心着的，此时此刻不知该诉说点什么，或者祝愿点什么。

一

　　发烧了两天的儿子，为了能在元旦放假前把签好名的通知书带回学校，忍住了扎手指验血的痛，克服了打屁股针的恐惧，按时吃难以下咽的怪味中成药。今早起来，说他昨晚睡不着觉，并说就是在他没睡着的时候做了很多梦。确实说得没错，人在睡眠中都会做无数个梦，但醒来都会忘记大多数，也正是醒着还记得的梦，才让我们知道自己做过梦。

昨晚在医院排队时，儿子用仅有的一年级数学知识为看病的小朋友做了简单的统计。他说，这一次生病的小朋友大多数都是发烧，而贴退热贴的又是发烧的小部分。在三小时的漫长等候中，终究熬不住了，趴在我的怀里，头靠着我的肩膀睡着了。就这样，我和妻子在寒冷中犹如抱着一个暖水袋交替着取暖。看完病出来时，妻子还苦中作乐地来了句："排队三小时，看病五分钟！"一时间觉得很耳熟，却始终想不起在哪听过。

就这样，在冬天午夜的12点，一家三口走在寒风中回家。

二

乐从文化的方先生给我留言，说12月的《乐从文学》收录了我两首诗，正要给我发稿费。我第一反应是惊讶的，因为算错了截稿时间，手头上新写的一篇，正赶上儿子生病，还没来得及投稿。翻看了所有向《乐从文学》发过的邮件，能对应得上的，应该是第一次投的那两首诗吧！很多时候，我都以为会像向其他刊物投的稿件一样，石沉大海，早就被毙了。没想到《乐从文学》的编辑们却能如此真诚对待每一份来稿，如果内容与当期的主题不符，有一定质量的来稿往后也会择机收录。《乐从文学》立足于乐从本土，志在发现培养本土写作爱好者，为当地的文学爱好者营造共同的精神家园。稿件的选用不侧重作者的名气，不讲关系，不卖人情。能如此认真对待我等外来务工人员的稿件就是很好的证明。

为《乐从文学》的编辑们对写作者的劳动成果能有如此珍视的态度点赞，也庆幸自己对文学的执着和坚持。时间无言，总在你我的指间悄悄流走，但它从不辜负每一个珍视它的人。那些曾经在岁月里埋下的种子，终会有一天，在不经意间探出头来，给你惊喜，让你会心一笑，只要你保持那一份永远的歉疚和给一点点清水。

三

20多年前，第一次接触官演武的散文诗，那时候年少轻浮，没有耐性潜心品读，总觉得先生的散文诗生涩难懂。前几天在一次征文活动中有幸与先生同台，再读先生的赛会获奖作品，反复细细品读，先生的文字对时间的亘古，生命的平凡和伟大，万物生长且有灵，表达得准确又深刻。再找出先生的《时间之书》延伸阅读，如获至宝，爱不释手。只可惜，如今读懂这篇《时间之书》，人已到中年。

"时间在时间之内滴答，在日出与日落之间，比海水与雪山更加丰富，一滴水的节奏，永远说不到尽头。"对时间的无言，对生命给予目送，如今唯有抱书于怀向着内心活。

四

最后，想起中学时代读过的一首外国诗歌，摘抄下来，顺祝各位元旦快乐！

美好的日子

当美好的日子即将流过

独坐而思绪绵绵

钟声伴随快乐的歌声响起

为了这一天带来的欢乐

此时你可想到美好的一天的结束

对一颗疲惫的心意味着什么

为太阳西下，霞光如焰

亲爱的朋友，得说声再见

啊！结束了，美好的一天

旅途尽头也在面前

可它留下的思念，多么强烈

还有那份真诚的祝愿

愿美好日子的回忆

永不消退，永远鲜艳

美好的一天结束时，我们发现

结交了一个朋友，一颗心

第二辑

食事记

家安食味

我对美食的喜爱，如果偏要说有师承或者启蒙的话，我想首功应该归于我的母亲。小时候，常趴在灶沿，看母亲在烟雾中挥舞锅铲，来回翻炒着滚烫的锅底。哪怕是寡淡的米糕，也要把米浆一丝不苟一层层地往上淋。生活再不济，也要设法在"簸箕炊"的表层撒上酥脆的花生碎。喜欢"簸箕炊"在油锅里被煎得嗞嗞响的声音，从那时起，我就相信，津津有味的生活源于这一丝丝清晰的记忆。

第二功归于我的堂嫂。堂嫂嫁过来的时候，我才七八岁的光景。堂嫂也刚二十出头，两边脸颊红扑扑。我家在海边，她家在山里，是客家人，带来很多有趣的生活风俗和技艺，最直观的就在食物的制作上。海边人，鱼虾是海里捕获的，其他食物用钱直接买现成的，少有人会自己动手去制作，总觉得费时又费力。有一年秋天，堂嫂叫我去捡松果，说过一阵子给我做好吃的。一听有好吃的，积极性爆满，每天放学后，提一小袋去海边的防护林捡松果，回来交与堂嫂晒干，储好。冬天，田间地头的作物都已收完，人们也闲下来了，老妪、妇人常聚在一起围炉闲聊。堂嫂挑几斤晚造新米，碾成粉，自己做起了炒米饼。把秋天时捡的松果在炉子里烧旺，几个妇人围一圈，七手八脚地，炒过的面粉在饼模子里压实，然后往手掌轻轻一拍，成形的炒米饼就摆在手心了。待炉子的明火转为炭火，在炉子上面架一铁筛子，米饼一个一个码在筛子上烘烤。烘烤时，要挨个两面轮着翻，以免被烤焦。待饼面烤透，干身了，就可以出炉。新烤的米饼烫手，两手相互换着，边抛边吹气，迫不及待咬上一口，新米的清香，浓浓的松脂气，别有一番风味。

初夏，端午节前后，知了已从地下爬上枝头，开始它一生的欢唱。堂嫂娘家有句俗语——"知了声声，媳妇担粽回娘家。"每年这时候，堂嫂都会包粽子，煮熟粽子总会第一时间分一些给我家，剩了的才带回娘家。娘家人收了粽子，总会回一些黄豆或黑豆之类作物，堂嫂就会用来育豆芽。先用竹筐装层沙子，铺上黄豆，再在上面盖一层沙，浇饱水，把竹筐搬到阴凉背光处，隔一夜，第二天就有寸长的豆芽菜了。小时候堂嫂的手艺总让我觉得新奇又有趣，感叹堂嫂的心灵手巧，是心目中真正的女神。

家乡传唱过很多民谣，大多都忘却了，唯独有一句讲吃的记忆最为深刻——"热薯冷粽，隔夜糯米饭。"说的是这三种食物最美味的状态。苦瓜也是隔夜的最为美味，苦瓜切成寸段，与豆豉焖熟，搁瓦煲里隔一夜，第二天取出来吃，更入味，有回甘。

读阿城的小说《棋王》，通篇读下来，两处写吃的印象极深，每次想起都引起了肠胃的生理感觉。一处是王一生在火车上吃饭，一处是吃蛇。一处写对吃的需求，一处写吃的快乐。写得精细深刻，不厌其烦，对吃的这样的刻画，非经身受，不能道出。

我做菜，哪怕最家常、最简略的番茄炒蛋，番茄也是要去皮的。顶部画十字，滚水烫三十秒，捞出来轻轻一撕皮就掉了。蛋要先炒的，但不要炒到很老，炒番茄的时候必须加一点番茄酱，颜色就好看了。我很少吃方便面，从没点过外卖。一个人吃饭时，如果冰箱里有一碗隔夜米饭，打一只生蛋，蛋清和蛋黄分离，蛋黄搅散。下油，下米饭，快速翻炒；下蛋黄，每颗饭粒都炒均匀，最后撒点葱花，装盘。粒粒晶莹，如同一盘碎黄金。一个人吃饭太孤独了，那就把电视打开，从此，我也理解了岳父岳母退休后为什么每次吃饭总要开电视了。

每到一个城市，如果时间允许，我都会抽空去当地的菜市场走一走。我认为了解一个城市，最近距离的是看它的菜市场，也只有你看过一个城市的菜市场，你与这个城市才算有了肌肤之亲。你通过菜市场里香料的种类，物品的码放，就能感受到当地人民的幸福指数。菜市场常常是能让人遭遇的地方，与美食相遇，与记忆重逢，甚至还能重新定义你的认知。读汪曾祺先生的《故乡的食物》，里面写到一种菜叫马齿苋，按以往的刻板印象，把它同等于苋菜。有一次，在水藤市场，有一本地老人在市场旁的过道上，摆着几把家乡人称为"猪肥菜"的野菜在卖。觉得惊奇，在家乡这种野菜都是用来喂猪的，没见过有人吃。于是，蹲下来拿起一把问："这是什么菜？""马齿苋！""什么？"我怕自己听错，再问了一次。"马齿苋！"听老人如此肯定地回答，顺便问如何烹煮。"可以清炒，也可以煎鸡蛋。"买了一把，焯一遍水，分成两半，一半切碎煎鸡蛋，一半加点香油清炒。马齿苋煎鸡蛋口感、味道不输香椿；清炒，有点酸酸的味道，不难吃，但也不算好吃。

前两年在读书会做读书分享，自我介绍时，实在没有闪光的履历，最后只好加了一句"喜欢电影院明明灭灭的虚无缥缈，喜欢菜市场熙熙攘攘的人间烟火"来表达自己囿于厨房与爱，心怀山川湖海的生活态度。

关于白粥

在一微信群里，大伙正热烈地讨论着各自家乡的美食。有人说"酱板鸭"，有人说"热干面"，有人说"肉夹馍"，到我，我说——"电城白粥"。"电城白粥"？一碗白粥能有什么特别？也确实，在我们家乡，很多美食都已名声在外。比如水东芥菜、麻岗狗肉、沙琅粉皮，就算在电城，最出名的也是"电城蚝炸"。但对于"电城白粥"，我却有着特殊的感情。

在我们家乡小城，人们一日要吃两餐白粥，只有晚上那一餐才炒菜吃饭。小时候，生活过得艰难，有些家庭一日三餐都是喝粥。我有一发小，那一年，我们七八岁的光景。六月天，我们在生产队的晒谷场看稻谷，为的不给时时觊觎稻谷的鸡、麻雀来偷吃。我们爬到晒谷场边的一棵矮树上，手持竹竿，一旦有鸡、麻雀来偷吃稻谷，我们就挥动手中的竹竿把它们赶走，俨然是稻谷忠实守护者。正当我全神贯注地看稻谷时，不知为何，我那发小突然从矮树上跳了下去，没等身体站稳，拔腿就跑。我不明就里，也跟他跑了起来。沿着湖尾村的方向，跑了将近二公里，才追上一个卖"生理"公仔（卖菜老人）。发小一手抓住老人的竹筐，说要买一捆白菜。老人把白菜称好，发小从衣袖边沿的布筒里抽出二角钱，付过钱，就兴高采烈地提着那捆白菜往家里赶。我不解，就问他为何要买白菜？发小告诉我，他家已经连续很长时间晚上吃粥了，如果他买了菜，家里人就会煮饭，所以他就把存了很久的压岁钱贡献了出来。

前几年，我与他父亲聊起这件事，他父亲深深地叹了一口气，"唉！熬日子就像熬粥，熬过去了，也就好了"。

2002年的夏天，对我来说是阴暗的，那个夏天很长，从校内延续到校外。还没等到那一纸通知书，我就背起行囊跟二哥奔赴远方了。36个小时的绿皮火车，没有座位，累了就把随身带的行李摆在过道上，依着一个看起来脸善的陌生人的座位靠一靠，眯一会。沿途会被乞讨的、叫卖瓜子花生的赶起来，还在火车站遭遇了扒窃。之后辗转大巴车、泥头车，途经涪陵、丰都，最后在长江边上的一个小村子扎了下来。之后的几个月，水土不服，村民闹事，工地塌方，游行讨薪，最后在电台记者和派出所的帮助下，才在腊月二十七下午结了工钱。简单收拾一下行李，直奔重庆火车站。由于时间太赶，没买到回茂名的车票，最后只能途经湛江转车。

当回到小城庄山路口下车，已是腊月二十九拂晓。南村港的上空透着鱼肚白，气味是熟悉的气味。工友们没有直接回家，而是说："家里的小孩、媳妇'对目望望'（俚语，盼望、望眼欲穿的意思），都十二月二十九咯，明天就是年，干脆在十字街找个地方猫到天亮，买了年货再回去，免得走。"我们扛着大包小包，沿着北街一路走，远远看到钟鼓楼下，闪着一朵豆丁的火光。走近，火光渐渐扩散，变得昏黄，黄灯下架着一口铁皮炉灶，灶腔里燃着火，不时发出"毕剥"的声音。灶前有一个身影，驼着背，头发有点凌乱。见大队人马迎面走来，老者最先开口："这群后生仔，是从哪里回来的啊？"工友说："唉！说来话长，千山万水！"得知我们的来意后，老者从帆布下摸出一摞胶凳，转身又去找烟丝，最后把水烟筒递过来。"来，先抽筒熟烟，锅里熬着粥，吃完，鱼桁才开市。"粥在锅里小火慢熬着，米粒翻滚，散发着热气和米香。盛出来的时候，老者说："重庆属于寒冻地方，给你们加点姜丝。"我和工友"双手捧碗，缩颈而啜之，霜晨雪早，得此周身俱暖"。碗是粗瓷大碗，捧在手里沉甸甸，心里却踏踏实实。

年后，我彻底告别了建筑行业，当年的工友再也没有见过，但我常常会想起，在那个霜晨雪早，我们在一起啜粥的情景。

今年春节，回乡下过年，初三晚，妻儿喊肚饿，带他们去粥铺消夜。以前的粥铺，佐粥小菜很少，最豪华的也只号称"十三菜"。现在的粥铺，佐粥小菜上百种，时蔬小菜，海鲜打冷，鸡鸭猪杂，贝螺蚬肉，琳琅满目。此时的白粥就像古代的皇帝，后宫三千。

在我的旁桌，有一二十出头的小青年，要了一煲白粥和几碟小菜，桌前立着一个硕大的行李箱。不知他是刚从外地回来，还是赶着要奔向远方？看样子，很像当年我出社会时的模样。他静静地吃着，很享受。

一碗白粥，无论你是从异乡回来，还是要赶着奔赴远方，它都在那里，温暖着你的胃，你的心；并告诉你，好日子就如白粥，要细火慢熬，才有滋有味。

蕹　菜

张爱玲的小说《连环套》里有一段文字，读来尤为亲切。"水乡的河岸上，野火花长到四五丈高，在乌蓝的天上密密点着朱砂点子。终年是初夏。初夏的黄昏，家家户户站在白粉墙外捧着碗吃饭乘凉，虾酱炒蕹菜拌饭吃。"出生于南方沿海，对于虾酱、蕹菜都是最为熟悉的。

小时候，村前有一口积水塘，每逢下雨，雨水从各街巷汹涌而至，最终汇聚于积水塘。由于位于村前，人们称之为面前塘。每年夏天，面前塘满眼翠绿。除了水中漂浮的浮萍，剩下的就是各家各户在塘里种的蕹菜了。蕹菜不难种，找来平日家里淘汰的竹具（簸箕、竹筐等），裁开，摊平绑在四支木棍上，做成筏子。把择剩的蕹菜头往筏子上一夹，然后往塘中一抛，不出二日，就长出嫩绿的新芽，再过二三日，新芽已散开成枝了，巴掌长，颜色转为深绿。想吃时，用一根绳子绑个石头，往自家的蕹菜筷子一扔，石头钩住筷子，往岸边拉，摘够量，又把筷子往塘中一抛，过四五天又有新的蕹菜可以摘了。如果筷子够大，轮流着摘，几乎每天都有蕹菜吃。

夏忙时节，抢收抢种，大人小孩都忙得跳脚。家中的妇女也少有时间出入厨间，更没有心思精心料理了。多时流连田畈，扯秧插秧薅田，样样都要顾及。一日三餐都是清汤寡水，所准备的下饭菜，也是图省时方便。早起生火煮饭，大灶烧一锅水，傍着大灶又有一连环灶，前灶煮一钛煲粥（一家人食用一天的量），后灶炖着番薯、芋头。待水将要沸时，就去面前塘摘蕹菜。回来，水咕噜咕噜地滚着，先舀一半出来装进水壶，剩下的就用来烫蕹菜。先下盐，下油，然后下蕹菜。水没过蕹菜，用筷子搅匀，水再开就要捞出。烫老了，蕹菜会蔫，吃起来水淋淋的。蕹菜出锅后，要第一时间用簸箕把它晾开，不能堆成堆，会焗。之后拌酱吃，吃多少，在簸箕上夹。酱有好几种，虾酱，沿海人家平时都有腌制，揭开坛盖，用碗直接舀；黄豆酱就要去村中的小卖铺打了；再不济，就拍一蒜瓣，往碗里倒酱油，滴几滴花生油也成。

在县城读书时，西湖边有很多卖白粥的消夜档，就粥的小菜听说有十三种，号称"十三菜"，清水烫蕹菜蘸酱可是头牌。慢慢地，随着生活水平的提高，卖白粥的消夜档也渐渐少了。后来就兴"炒冰"（消夜排档），所有的菜都是现点现炒，蕹菜即为时蔬进入高档食肆。常见的有南乳炒，蒜蓉炒，黄豆酱炒，螺也可以炒。把炉灶开到最旺，"嚯嚯"声响，下油，下蕹菜，快速翻炒，不到两分钟就能炒一碟。蕹菜好油，吃起来爽脆，泛油光。

蕹菜生吃，有解毒的功效。有一年，家里拔早造花生。白天帮家里择花生，趁大人不注意时，偷吃了很多。渴了，直接喝冷水。晚上闹肚子，上吐下泻，拉了好几趟都不能消停。半夜没地方买药，也请不了赤脚医生。母亲一机灵，到面前塘摘了一把蕹菜，放在一钵头里，用刀柄把蕹菜舂烂，挤了一碗蕹菜汁让我喝下，之后一觉睡到天亮。

蕹菜还叫抽筋菜，听说孕妇吃了会抽筋，不能多吃。对于这种说法，我是表示怀疑的。听母亲说，我出生那年，家里的条件比较艰苦，缺衣少食，就算是产妇也得不到特别的照顾。坐月子时，前半月，由于缺少营养，脚都水肿了，无奈，母亲就烫自己种的蕹菜就粥水，吃了半个月，不但没有抽筋，连水肿都慢慢消了。

蕹菜确实是亲民菜，每年夏天，各菜场都有卖，价格也不贵。买二斤，拍两口蒜，剁碎，另加一勺黄豆酱，猛火一炒，就是一道美味。蕹菜于我，有着特别的感情，在物资匮乏的年代，它可谓我们家的"救命菜"。

饭　豆

父亲有个姐姐嫁到邻镇的厦蓝村，家里除了几亩水田，还有几分坡地。水田一年种两造水稻，坡地就种点木薯或饭豆之类，帮补粮食。木薯因时常听到会醉（毒）人，因此在当地属于贫贱之物，很少会用来做人客送人。我家临海，饭豆极为少见，为稀罕之物。

每年夏天，姑妈都会把刚收成的饭豆当作手信来做人客。用两个布袋子装好，大伯家一袋，我家一袋。我家的分量要多些，因为我家的人口多，够煲两三餐的样子，尝个鲜。前一天来，当晚在我家住一晚，第二天回去，不能久住，因为总记挂着家无人料理。回去时，父亲与大伯都会回赠一些鱼虾等海货，权当礼尚往来。

姑妈来家住，家里的男丁都凑在客厅的床睡，房间的床就让给母亲与姑妈同睡。夜里，天未亮醒来，母亲和姑妈躺在床上一言一语说话。谈话的内容无非关于各自的家庭、孩子，说话声音轻而细密，在幽暗天光里一直持续。那些语言似乎是飘浮在空气里，它们会流动，会漫溢，让人心里暖和安定。我尚年少，在这样的声息里将醒未醒，觉得成年的女子，是有着格外饱满的俗世生活的。

往后的日子，常见母亲端着簸箕在屋檐下挑拣饭豆，偶尔还塞一颗进嘴巴，咬得嘎嘣响，然后又吐出来。不饱满的、异色的，挑出来往地上扔，母亲的跟前总围着一群抢食的鸡。再往后，又见母亲在劈柴，手臂粗的树枝，一根根劈开，然后垒成一面墙。

中秋节前后，庄桐村的蔡伯会挑水关藕来村里卖。他卖藕特有趣，在胸前挂一网袋，里面装几节熟藕，可以尝，觉得粉再买。如果买的藕与尝的货不对版，下次来双倍补足，绝不收钱。祖屋门前，有棵噼卟籽树（沙朴树），大半村子的人都在此聚集，外乡商贩必会在此逗留。每次蔡伯来卖藕，母亲必会买，因为水关藕与饭豆煲汤是绝配。

饭豆煲汤要提前几小时用清水泡发。水关藕用小刀把表皮刮净，开水煮至熟透，捞起待凉，每节对半切开，乱刀将其拍散。五花肉切成方块，焯水去血。三者同时放入一大钛煲，然后加水，水要多些，因为饭豆和藕发开了都是要吸很多水的。放好水，把钛煲架在特备好的炉子上，先用硬柴把火烧旺，大火将汤煮沸，然后转小火，用烧过的炭火炖着，一般要炖上两三个小时，待饭豆颗颗对中爆开，五花肉用筷子能轻松插进，就可以熄火。

有饭豆汤时，其他菜都可以省了，饭也可以少煮。吃饭时，父亲卸下一块门板，在底下架两条长凳，就成了一张临时的饭桌。乡下房子密集，通透且没围栏，公共生活如同一个舞台呈现无遗，晚餐的内容也终究无法成为秘密。偶尔有人经门口过，都会问上一句："今晚煲饭豆汤啊？"这时父亲就回话："是啊！给你来一碗！"那人头也不回就匆忙而过，估计也要赶着回家吃饭吧！每次的饭豆汤，都是我第一个舀，这似乎是我的专利，因为饭豆汤上总会浮着一些油圈，小时候把它当作补品，就一个一个舀到自己的碗里，哥哥姐姐们都默不作声，脸上流露着一种诡异的笑意。

在碗里盛上半碗饭，剩下的半碗就是饭豆和汤。吃时用筷子搅匀，颗颗饱满对中爆开的饭豆，粉糯、有颗粒感。加上吸饱了五花肉的油脂，有一种特别的风味。水关藕和五花肉另用一盘捞出，在旁边放一碟酱油。藕虽也是粉糯，但嚼起来却是爽脆不粘牙，而特有的沙沙的颗粒感却全留在舌头上了。五花肉肥而不腻，入口即化，余味悠长。

日后，年岁渐长，远走他乡，对家乡童年的食物依然带有特别的感情。对童年的那碗饭豆汤就是馋，依着小时候母亲的法子去煲了几次。但超市里卖的饭豆，除了个头小，表皮还皱巴巴的；藕，也少有新藕，都是老藕、隔年藕，煲的汤完全没有那股清香；五花肉也缺少了乡下散养走地猪的肉香。几无童年味道，吃得相当失望。一碗饭豆汤，散发出的那份奇异的香，相隔三十余年，我的脑海依然准确保留着那份味觉记忆。那样的年代，什么东西皆可口。日子过得慢，庄稼长得慢。风是自然的，雨是自然的，一颗颗心，也是自然的。

前年，与母亲聊起姑妈，聊起饭豆。母亲说，姑妈临终前，患了病症，母亲去看她，都认不出母亲来了。听来令人无尽伤感，童年滋味，或许就这样消失了。只能凭着斑驳的记忆，诉诸文字，聊以自慰。

萝 卜

一

清明回家，第二天返城。

母亲倚在门边看我独自收拾行李，一边与我搭话。

一会，母亲说："我捡几个鸡蛋给你带走。"

我说："不用，上面的超市什么蛋都有。"

"鸡是自己养的，是吃剩饭剩菜长大的，上面的鸡都是吃饲料的，没有走地鸡的蛋好吃。"

"路太远，搭车不方便，会打烂。"

"不会的，我用米藏好，别人去广州都不会打烂。"

……

过一会，母亲又说："我捡几个番薯给你带走。"

我说："不用，家里上星期买了，还没吃完。"

"家里的番薯放了很久，甜！带上去，给你弟子（儿子）吃。"

"他不爱吃番薯。"

……

又过了一会。

母亲说："我去年晒了萝卜干，拿两斤你带上去。"

我说："好！那我带一点吧。"

"我现在就去给你挑点厚肉的。"

……

母亲打开封好的坛口，一股咸香味迎面扑来，在空气中肆意飘散，我的记忆也瞬间被带得很远，很远……

二

小时候，过了端午没多久，坡头村的李福公子，就会用俩竹筐，挑着胖嘟嘟的萝卜到我们村来卖。

祖屋门口，有一棵噼卟籽树（沙朴树），树干粗如坝子桥的桥墩。夏天的午后，出海打鱼的男人，下地种田的女人，都已休渔放工，纷纷聚在树荫下纳凉，中青老少，聚集了大半村子的人。青壮年男人分作三五处，有补渔网的、打纸牌的、讲故事的、闲聊的，有的还掰起手腕、"顶扁担"，以宣泄浑身的精气神。老人大多躺在竹椅上打盹，也有个别独在一处，垂坐着"钓鱼"（打瞌睡）。女人们大都操持着家务，有择菜的、补衫的、文脸的、拔眉毛的；也有偷偷讲家长里短的，讲到开心处，或咯咯地压低声音笑，或哄地笑作一团——有大喊肚子疼的，有呼天抢地大叫笑"断"肠子的、笑"死"了的。一边捂着肚子俯仰，一边忙抹笑出来的眼泪。小孩子或偷躲在一处弹玻珠，或看小人书之类的。他们不停地变换花样，忙的忙成一团、乱的乱作一堆。

李福公子来到树荫下，他并不忙着卖他的萝卜，而是先找一人多处，把俩竹筐往地上一摆，卸下随身带来的马扎，坐好，加入人们的闲聊中。他通常从他腰带上的那块和田玉讲起，然后讲到他祖上的光辉历史，最后再讲他种的萝卜如何如何清甜、爽脆。讲到动情处，会随手掰一截萝卜咔嚓咔嚓吃起来，因为大多牙齿已脱落，两颊的肌肉往嘴里陷，前面还剩两颗大门牙，看起来很像兔子吃萝卜。边嚼边说："你看，多爽脆鲜嫩，用指甲轻轻一刮，汁就往外冒，只要有一滴咸汁（煲海鲜的汁）炒了，都甜过糖啊！"——嘴角沾满白沫。等他再起身挑担时，竹筐里的萝卜已卖去了一大半。

我家逢父亲出海抓到鲨子鱼（狗鲨鱼）时就会买萝卜。鲨子鱼手臂粗，用开水烫一遍，然后把表皮的鱼沙刮干净，切成段，备用。每次家里买了萝卜，当天下午，我就哪都不会去了，就守在灶厦门口的小石墩上等母亲切萝卜。母亲先斜切薄片，再切为细丝。母亲在咔嚓咔嚓切薄片时，就把我肚子里的小馋虫勾出来了。每块萝卜切到末端将要滑刀时，我就咽着口水说："好啦！好啦！不用再切啦！留给我啦！"有时母亲并没有停下来的意思，我就迫不及待伸手去夺，好几次都差点切到手指。

晚饭时，乡下孩子，总是盛一碗饭，往饭面夹几筷菜就到别家吃去了。有鲨子鱼炒萝卜时，我夹得停不下筷，碗面都堆成一个小山岗，还要用筷子压一压，一直往上垒。在一旁的父亲总会不断地提醒："好了，好了，你哥放牛还没回来，你也要留点给你哥啊！"这时候，母亲就会为我开脱："他现在正是长身体的时候，你就让他吃多点嘛！"

三

在乡下，作物一年只种两造，一块地，一般早造种花生，晚造就种番薯。我们家却专门留块"三角子"的自留地来种晚造萝卜。

晚造萝卜很少用来生炒，都是腌晒萝卜干的。农历十月，天渐渐转凉，气候也变得干燥，正是腌晒萝卜干的好时节。这时，白胖胖的"八月白"也已七八分露出土面，近叶子处外皮显淡绿色。每年这时，择一秋高气爽的日子，母亲挑着水桶，带上菜刀和刚从盐田买回来的腌制盐（粗盐），领着我去拔萝卜。我戴一顶小小的草帽，尾随于母亲身后，去的路上就各种表决心，唱高调，还故意把袖子挽得高高，似乎要大干一番。

到了萝卜地，几乎用尽吃奶的力气，才拔了几棵，以手被萝卜叶割伤或腰酸骨痛需要放松为由，转去追草蜢和逗蚂蚁了。累了，顺势倒在草地上躺一会。刚一转身，咦！天空中怎么也有一个雪白的，胖嘟嘟的萝卜啊？再定眼一看，又好像是一块棉花糖。不信，用手揉一揉眼睛，再看，又好像是仲叔故事里唐僧的白龙马。急忙想叫母亲一起看，转眼间，又什么都没有了。而这时，母亲的跟前已堆起了一座萝卜山，白白胖胖，像一群小奶猪。

母亲在草地上用铁锹挖两个土坑，铺上胶纸，然后切萝卜。小的一分为二，大的一分为四，切好的就往其中的一个土坑里扔。等所有的萝卜都切完，就开始下盐腌制了。这时就把其中一个土坑的萝卜往另一个土坑里码，一块紧挨一块码实，码完一层，撒一遍盐，接着再往上码。等所有的萝卜都码完了，在上面也铺一层胶纸，在附近搬两块大石头往上面一压，盖上土，就算完工了。

刚腌制的萝卜不宜马上晒，要在土坑里腌上两三天，等腌软了，入味了，再翻出来晒。一条一条整齐排在草地上，白天晒，晚上收起来，不能受露。反复晒上三四天就可以收起来封坛了。封坛时，萝卜的干湿也是很讲究的，太干，会显得没肉，过咸，隔年后没油脂；太湿，又不好封存，放不久，易发霉。

萝卜干以隔年的为最佳，封存在坛子里放上一年，经过时间的发酵，这时的萝卜干最为软熟，呈深褐色，外表裹一层腻腻的油脂。

每年冬天，离过年还有个把月，村里的孩子都喜欢来我家帮着做事。比如锯木劈柴、翻修猪圈之类的。这一天，母亲定会用她的拿手好菜来招待，大肠萝卜干煨慈姑就是其中之一。

猪大肠要提前叫肉贩预留，取回家就要着手处理。先把里层翻过来，用清水冲洗数遍；接着下生粉，用手抓匀，揉搓1～2分钟，冲净；然后下把粗盐，抓匀揉搓，用水再冲一遍；最后加入白醋除腥去异味，浸泡片刻，冲净待用。慈姑不能选太大的，初生蛋般大的为好，一分为二，一口一块。开坛取隔年萝卜干，提前两小时用清水浸泡，然后切丝，挤干水分。大肠要先焯水，切寸段。慈姑也要焯水去涩。

　　下锅时，先放大肠煸出油，再放慈姑在油里滑一遍，一同铲出。锅里留刚煸出来的大肠油，下萝卜干，快速翻炒。待萝卜干泛着油光，下细砂糖、酱油，洒少许水，煮沸。然后大肠、慈姑再次下锅，翻炒均匀，转小火，盖上锅盖煨10分钟，撒上青蒜，即可出锅。

　　吃饭时，大肠萝卜干煨慈姑是最受欢迎的，大家都不愿多说话，就快速往自己的碗里夹，生怕夹慢了，将会损失几个亿。慈姑吸饱了猪肠的油脂和萝卜干的咸香，吃起来粉糯入味；大肠和萝卜干爽脆有嚼劲，吃得大家满嘴油光。饭吃完了，都不愿擦嘴，好像要专门留着来向别人炫耀一番。

四

　　记忆中，故乡的萝卜，总是饱含阳光，每每忆及，童年的一切如在目前。江山依旧，故宅荒台。曾经的伊人，现已年暮垂垂。母亲犹在，故乡犹存。如果母亲不在了，就再也难以吃到如此鲜甜醇香的萝卜风味了。

火腩冬菇

　　岳母在世时，每年正月初二回娘家，临走时都会给我们一包冬菇。冬菇是大年三十提前焖好的，用透明袋子装上，抽真空，放冰箱里急冻着。三个孩子一人一份，要吃时蒸热即可，能吃两三餐的样子。

　　岳父忌口，平时都是岳父煮饭，以清淡为主。但正月初二，岳母却要亲自下厨。围一条淡黄碎花围裙，肥胖的身影一大早就在狭窄的灶台转来转去。焖冬菇是必不可少的，还有就是煎鸡翅，因为孙子们爱吃。厨房里烟雾缭绕，岳母却面带悦色，脸庞微红，额头渗着汗珠。鸡翅在平底锅里嗞嗞作响，待两面都煎得金黄，岳母用筷子一只一只夹出摆盘。吃饭时，岳母总是笑着看孙子们把整盘金灿灿的鸡翅变成一堆潦草的骨头，才低头扒自己碗中的饭。而我，最喜欢吃的却是岳母的焖冬菇。冬菇被焖得软烂适中，冬菇里吸满油脂，汁水带有咸香，刚好突显了冬菇的菌香，却不喧宾夺主。好的搭配应该是互相成就，而不是此消彼长。冬菇外层的汁水有一丝丝肉糜，酥酥的。冬菇荸荠般大小，一口一个，嚼起来软烂咸香，汁水饱满，回味绵长。

儿子一岁的时候，岳母生病了。之后的一些日子，在各大医院间辗转。岳母的头发越发暗淡，黑与白相间，且越来越稀疏；脸色也由红润转为苍黄，以前穿过的衣服显得越来越宽，像漏气了的皮球。她在交付生命之前，先付了围裙和锅铲，面貌和尊严。那天我带儿子去看她，出门时，外面出着太阳，衣服晾在楼顶。我抱着一岁多的儿子，站在病床前，她试图举起手来与儿子握手，试了几次，终究没有成功。她躺在床上流眼泪，发不出声音，一旁的姻伯母在宽慰她，"放宽心，会好的"。从医院出来，天突然下起了雨，远处有阳光，雨和太阳同时存在。四五月间，天气沉闷，水汽重，让人喘不过气来。回到家，晾在楼顶的衣服被淋得湿透，重洗了一遍。

岳母去世后我起了念头，想按记忆中的味道去重做那道焖冬菇。翻了很多菜谱和美食书籍，有说，要焖出来油脂饱满，冬菇要先用鹅油腌制，试了，咸淡味不对。又有说，冬菇要用凉水泡发，热水会影响冬菇特有的菌香味，试了，还是差点意思。后来听妻子说，岳母的冬菇是用肥猪肉焖出来的。我才恍然大悟——冬菇外层包裹的汁水里酥酥的肉糜应该就是煮化了的火腩。火腩，即烧肉，顺德人称火腩仔。把火腩与泡发后挤干水分的冬菇搁钛煲里小火焖煮两三个小时，待火腩化成肉糜即可。火腩本身有咸味，味都不用调了。

儿子问我，这是什么味道？"外婆的味道！"我随口而出。心里却异常明白，岳母做的焖冬菇是不可替代，亦不可复刻的。脑海里全是多年之前岳母在那一方小灶台前，围着一条淡黄碎花围裙，几分酸甜咸淡，几分耐心从容。

豆腐饼

在我们乡下有一句俗语——"唸数好过担岭柴。"意思就是：想办法好过干蛮力。我堂兄两兄弟就属于那种爱折腾，不会像我父亲那样规规矩矩心甘情愿出海打鱼的人。他们年轻时从事过很多行当，比如酿酒，做豆腐，开碾米坊，现如今也还一个养虾，一个养牛。反正就是自己创业，也不会像"担岭柴"那样卖苦力。

他们酿酒，做豆腐，开碾米坊，那时我都还很小。散装米酒，那是大人才会喝的，我兴趣不大。碾米坊，也是大人才会去碾米，好像也与我无关。但做豆腐我是有所接触的。依我看来，做豆腐是一条很完整的产业链。把豆子一泡，一磨，可以做成豆浆，做成豆花，做成豆皮，做成豆腐饼，豆腐渣还可以用来喂猪，就算豆腐不赚钱，把猪卖了也能赚啊！世间很多事情，往往都是表面看来风光热闹，实际却是一塌糊涂。在乡下，都是熟人生意，邻里之间，赊账欠数，在所难免。账面上确实有一笔可观的数目，一个月下来，实际到手的却回不了本。一旦转行，几乎就是一笔烂账。

我有一侄子，年龄跟我相仿（我辈分比他大），但个头却比同龄小孩高出很多。村里人都传他吃了什么补品，他也觉得很委屈。他说只是每天早上喝了他家的豆浆而已。这个我可以做证，每天早上起床，第一时间，牙也不顾刷，拿一搪瓷口盅就往他家做豆腐的棚寮跑。刚跨进棚寮，靠柴门右边有一个宽口瓦瓮。瓦瓮盛满豆浆，上面还凝着一层腐皮，也来不及掀一下，就直接用口盅去舀。舀一大半口盅，然后往口盅里抓一把砂糖，就急急端着回去刷牙了。

他家的豆腐饼我很是喜欢的。小时候生吃也能吃完一整个。他家点卤的水是从盐田挑回来的咸水。长扁担的两头，一头一只大篾匾，篾匾里各放一只坛子，挑一次可以用上半个月。有可能是卤水的原因，他家的豆腐饼生吃也不觉有豆腥味，只有淡淡的咸。盐水能提鲜，与豆类的鲜嫩是绝配。

我父亲也喜欢豆腐饼。每次去趁埠，都会在鱼桁的豆腐摊，花一元钱买三个豆腐饼。然后找一鱼炸油锅让加工炸着吃，一为顶肚饿，二为解嘴馋。豆腐饼对角切成两半，放进油锅，在滚烫的油中悬浮着，四周冒着泡，发出嗞嗞的声音。豆腐饼一块块地捞起来，父亲两块叠在一起，用筷子夹起来，一口咬下，外焦里嫩，满口油酥，吃得额头冒着微汗。

后来客居他乡，菜市场的豆腐摊没人愿意做成豆腐饼来卖。豆腐饼就是在点卤后将要生成豆腐之前，舀出来用纱布一个个包好，然后码在两块竹板间，用石块压，把嫩豆腐的水压干，压成饼状，四方形，有半块砖大，巴掌厚。之所以没人愿意做，一是多了几道工序，费功夫；二是成数低，成本高。

前年，在水藤市场旁边，新开了一间名叫"沙琅手工粉皮"的小食店。单看招牌，就知道店主是老乡。之后，每当我拿不定主意早餐吃什么时，我都会去他家称一斤白（斋）粉回去捞着吃。一斤白（斋）粉，配一碗白粥加小料，四元钱。经济实惠，关键还解乡愁。后来老板还扩大了经营，兼卖豆腐饼。

去年春节，疫情过后，去他家买豆腐饼。与老板闲聊了几句，他还说，想去市场里找个摊位，专门卖豆腐饼，问我是否有这方面的资源。当时老板看起来气色很好，心情也不错。后来，五月初的一天中午，去他家买粉皮回去炒。见店门的铁闸半拉，以为中午他要收摊了，赶忙跑了进去。当时老板的儿子和儿媳妇也在，老板在厨房。他转过身来，见是我，脸上有点难为情。没等我开口，先说："今天不开档，老婆不舒服。"接下来几天，店门都紧闭着，上面多了一张红纸——"旺铺转让"。

世间事，很多时候计划赶不上变化。谁知道明天和意外哪个会先来呢？凡事求得眼下所好，就再三珍惜吧！一辈子很快，一松手就天涯两端。

乐从鱼腐

我来顺德十五年有余，爱人和小孩上的都是顺德户口，我也算半个新顺德人了吧？

前些天晚间，有一平时不怎么聊天的朋友在朋友圈里求助：要去四川访友，请朋友们推荐顺德特产作为手信。我想了好一会，脑海里第一个跳出来的竟然是乐从鱼腐。

记得刚来顺德不久，常会在亲友喜宴中见到一道名为"金玉满堂"的菜。里面有竹荪、冬菇、生菜胆，还有一样呈金黄色，吃起来软滑，但叫不上名的东西。后来向朋友打听，才知道叫乐从鱼腐。鱼腐色金黄，生菜胆翠绿，用瓦煲扣着上，起名"金玉满堂"，也实为讨个好意头。竹荪、生菜胆吃起来爽脆，冬菇、鱼腐吃起来软滑，用瓦煲焖，够入味。真是味道、色泽、寓意俱备的一道菜，确实很适合喜宴。

鱼腐不光能出席喜宴，其实它也是一道很亲民的食材。它不仅容易烹煮，且风格也很百搭，简直就是食材中的"万金油"。它不仅能焖，还可以香煎、滚汤，甚至用温水泡洗一下也能吃，味道还很鲜美。在顺德稍多一点本地人聚集的农贸市场，卖熟食的档口都能买到。可见乐从鱼腐在顺德人的饮食习惯中占有多重要的地位！

我个人喜欢在夏天用乐从鱼腐配家乡的水东芥菜滚汤。做法简单，往锅里放适量清水，搁两片生姜，大火将水煮沸。鱼腐、芥菜同时下锅，盖上锅盖焖煮5～8分钟。待芥菜软熟，撒点葱花，滴两滴花生油，放盐调味即可出锅食用。水东芥菜气味辛温，鱼腐秉承了鲮鱼肉的鲜，滚出来的汤色清淡透明，喝起来，鲜美清甜。鱼腐又不像鱼丸，经油炸过之后空心容易入味，吃起来，嫩滑甘香。夏天喝鱼腐配水东芥菜滚的汤，能清热解暑，开胃消食。

有时胃口不佳或不想费太多心思去煮，买半斤鱼腐，用温水浸泡，二三分钟，把水沥干，放点香油，连调料都不用蘸，直接吃。新鲜，美味又健康。

我想，乐从鱼腐这么一样既可以登得大雅之堂，又如此亲民的食材，在顺德美食谱上一定会有一席之地。

阿秀粥粉面

前几天早上，我像往常一样，送完儿子上学，然后就拐进菜市场东北角的阿秀粥粉面吃早餐。跟老板打过招呼，转身回桌位时，老板以叮嘱式的口吻说："我们做完这个月，不做了。"对于这个突如其来的告知，我一时有点不知所措。

阿秀粥粉面原来叫肥婆粥粉面，是一家早餐店。或许是根据老板娘的身材特点而起的名字吧，就如你常常在菜场的某一角见到光头佬海鲜档、胡须仔豆腐干那样亲切。套用现在互联网一句流行语——把事业IP化。只要你想起他的店就会想起他的人，想起他的人自然就会想到他的店。

我在这城乡接合部住了七个年头，在我还没搬来时，肥婆粥粉面就已经存在了。对于它的历史，我从来都没有过问，反正这七年来，我常在他们家吃早餐，大家也算是邻里街坊。肥婆粥粉面是在第三次搬门面之后改为阿秀粥粉面的，因为老板娘真的瘦了。而每次搬址距离都不出三百米，因此做的几乎是街坊生意，食客与老板都熟悉彼此的秉性和口味。

听人说，他们关门结业是要回老家帮儿子带小孩。十几年前，他们夫妻双双下岗。那时儿子上初中，女儿上小学，正是要花钱的时候。所幸老板娘阿秀烧得一手好菜，最拿手的就是脆皮猪脚。猪脚外焦里嫩，猪皮爽脆弹牙，猪肉柔软，肥而不腻，入口即化。为了生计，就在菜市场旁边支起摊档卖早餐，听说那时候连门面都没有。因为临近市场，所用的食材新鲜，加上那碗招牌的脆皮猪脚汤河粉，很快就征服了邻里街坊食客们的味蕾，才有后来的三次搬迁门面。一家人的生活开支全靠这一临时摊点，一汤一水，起早摸黑，直到供儿女上完大学。

今天是阿秀粥粉面关门结业的第一天。我骑着车在料峭的冬日寒风中，在菜市场周围转了几圈，都没有找到一家能让我主动走进去跟老板打完招呼，然后转身回到桌位，满怀期待地看着老板从厨房里端出一碗热气腾腾，冒着白烟的鱼片瘦肉粥或脆皮猪脚汤河粉的店。人的一天是从一碗早餐开始的，一碗鲜美的鱼片瘦肉粥，一碗滚烫的脆皮猪脚汤河粉就能打开你的味蕾，温暖你的胃，点亮你的一天。也只有认真地吃完一顿早餐，你的这一天才算真正地开始。

天空中的浮云在冬日的霞光下渐渐飘散。此时我想起最近热播的一部美食纪录片里的一句话：相濡以滋味，相忘于江湖，每一个制造和享用美食的人，无不历经江湖夜雨，期待桃李春风。

我怀念阿秀粥粉面那一碗鲜美的鱼片瘦肉粥和滚烫的脆皮猪脚汤河粉。

一份烧春鸡

大家乐餐厅圣诞节前后推出了一款名为"烫手脆鸡"的烧春鸡。上星期，经过大家乐店门口，儿子被橱窗里的广告海报深深吸引，脚像灌了铅，嘴里强吞着口水。——"黄金45秒内咬下第一口，感受爆脆爆汁一刻！"挑逗的广告用语，正值中午饭点，一切都结合得刚刚好。勾起了肠胃生理反应，忍不住，推开了那扇玻璃门。

鸡是用高沿碗扣水晶盖整只上的。揭盖时，鸡表皮还冒着小油泡，发着嗞嗞的声音，颜色金黄，看起来确实诱人。儿子早就戴好手套，严阵以待，揭盖直接上手。看来是真要在黄金45秒内咬下第一口啊！平时吃鸡，无论是白切鸡，还是酱油鸡，儿子都是不吃鸡皮的。而这一下，已顾不了这么多，就想咬上一口，看看是不是如海报上说的"鲜嫩多汁"！

在我们旁桌坐着二人，看起来像父女俩，男的六十来岁，女的四十左右。他们也点了一份跟我们同款的烧春鸡。他们的上来比我们早，但他们彼此都没有动手，好像都在等着看对方先吃。旁边的老伯伯看我儿子吃得津津有味，甚至到了狼吞虎咽的地步，就笑着问："小朋友，烧春鸡好不好吃啊？"儿子只是使劲地点头，嘴里塞得满满的，根本就没有空隙说话。老伯伯又自言自语地说了一句："烧春鸡，还是小孩子吃得比较香啊！"

记得小时候，电视剧《济公》热播。有一集，济公施法给一员外治病，员外病好了，宴请济公。大鱼大肉摆了一桌，其中就有一整只烧鸡。这时，有一小男孩，随着妈妈来乞讨，一直盯着桌上的烧鸡直吞口水。济公可怜他，就随手给他掰了一只鸡腿，小孩狼吞虎咽，几乎连骨头都啃光。吃完后，眼睛还直勾勾地盯着那只鸡。济公拗他不过，就直接把那只烧鸡给了那一对母子。看着他们津津有味地吃完那只鸡，我当时竟然有点羡慕那个小男孩。也想有一天能像那个男孩一样，可以独吃一整只鸡。可惜，小时候，家里兄弟姐妹多，这个愿望从未实现。如今，我虽有能力，也有机会吃整只鸡了，但早已没有能吃完一整只鸡的胃口和心情。或许世间的食物都有它最佳的食用时机，如果时机过了，再吃，就不是那个味了。不同的时间，不同的环境，与不同的人，味道完全不一样。

还记得，我刚出来工作时，有一段时间很喜欢吃扬州炒饭。那时候在邮局送报纸，工作量大，饭量也大。炒饭，重油，简单，快捷，能迅速补充能量。有时一份不够，来两份。如今，体重超标，每餐白米饭也只吃一小碗。如果现在再点一份扬州炒饭，恐怕吃两勺，就会觉得油腻，难以下咽，再也吃不了这种重油、重口味的食物了。

　　旁桌的父女俩，我猜想，他们不是特意来吃烧春鸡的，他们或许只是想来找回过去某个时刻，他们在一起吃烧春鸡时的美好回忆罢了。

一份橙子试吃报告

树树是知行读书会的书友。早在2018年读书会的年终Party时，她赞助过自己经销的品牌橙子。橙子兴许我是吃了的，但没留下什么特别的印象。

2019年11月，读书会组织了一次文案写作的线下活动。活动后，学员们热情高涨，纷纷在线上讨论，并学着用老师教过的方法，写自我介绍。我在群里挑着看了几份课后作业，并对树树的文案做了简单的点评。后来不知何起因，就在群里聊起了她经销的品牌橙子，之后在熊猫老师的怂恿和建议下，举行有奖文案征集，奖品就是树树经销的品牌橙子。

我当时是没有报名参加的，但答应试着写一写。忙过几天后，答应别人的事总是要去做的，抽了些时间，认真看了树树之前发在群里的素材，依葫芦画瓢写了几句，发在群里以示交差。

后来，树树加我为好友，说征用我写的文案，让我给个地址，邮寄橙子。我第一反应是无功不受禄。本来只是随口答应，后来为了完成任务，也是随意地写，并没花费太多力气，就是玩儿。如要酬谢，实在是收受不起，树树有如此心意，只能心领。当时回复了一句："感谢赏识，文案无偿使用。"

2019年的年终Party，树树又赞助了七箱橙子。六箱用于抽奖，一箱用于展示后工作人员留用。知行会成立四年，每年Party我都志愿参与，决意做一名介入的观察者。今年我的工作是线上路况指引兼颁奖嘉宾。树树被评为"年度优秀书友"，有幸给她颁奖。合照时她又问起我地址，要给我寄橙。我说："特意给我寄，就算了，会后在留用的那一箱里拿两个尝尝就好。"（早上出门前，答应儿子要给他带礼物）

欢乐的时光总是觉得特别短，每次年终Party都要严重拖堂。大家拍照留念，书友间相互签名，领奖品，并没有立即散去。志愿者们把桌椅恢复原位，清理遗留垃圾，收拾剩余物品。等一切都忙完，准备搬离一号报告厅时，已严重耽误了舞台控制室工作人员的饭点。为了表示歉意，随手拿了一纸袋，拣了几个橙子塞给他。

按照约定的时间，儿子从儿童阅览天地到一号报告厅来找我。小家伙一边逐级而下，一边问："我的礼物呢？"我揭开橙子的纸箱盖，拿了两个橙子递给他，小家伙却一直盯着纸箱，不肯走开（他大概看上那个纸箱了，想整箱拿着显得更威风）。我在周围找了一圈，没有找到其他可以装橙子的东西，无奈，只好说："那好吧！全部抬走吧！"箱子里一共有11个橙子，1包湿纸巾（开橙器我给了控制室的工作人员）。

11个橙子，回来称了一下，差不多五斤半。橙子的大小很均匀，两个相差不会超过1两，也就是说，每个橙子有半斤左右。表皮与上星期在超市买的5.8元/斤的赣南脐橙相比，更光滑饱满，色泽更均匀（外表好看很多）。吃起来，比超市买的脐橙稍甜，须细细品味。

11个橙子每天吃两个，连续6天，有一天与皇帝柑同吃。皇帝柑有渣，品牌橙子细嚼无渣。皇帝柑不能断酸，品牌橙子可以，比较清甜。妻子剥橙时，说品牌橙子肉不好剥，感觉很软，很嫩，一用力怕橙汁会爆出来。所以每次都是用小刀先削皮，然后十字切开，不能掰瓣。用妻子的顺德土味评价就是："橙子很新鲜，好有橙子味。"

橙子的包装设计很好看，用一流行词语来概括就是——有品。很温馨，很有生活场景，女友喜欢，老婆喜欢，估计丈母娘也会喜欢。我还专门仔细研究过纸箱子，结实，抗压力强，邮寄全国都应该不会爆箱。橙子吃完后，儿子用了随箱送的湿纸巾。纸巾有芳香，很特别，但说不出什么味，比较淡雅，估计庄主是费了心的。听说品牌橙子预售价是98元一箱，10斤。这个价格对我的消费水平来说，略贵。如果综合包装、随送物品、承诺物流（顺丰包邮）这些成本，估计利润也不会很高。送人可以选择，档次高，有面子。自吃的话，如果如庄主宣传说的一样，"一年只售卖一次"，可以接受，尝鲜嘛！一年一次两次，也吃不穷。

橙子的宣传资料还说富含硒元素，这个我吃不出来，也看不出来，更没去过原产地，不敢乱讲。

第三辑

在岭南

喜庆时刻的那抹红

一

2003年我初来顺德，在龙江邮政分局谋得一份邮递员的工作，整天骑着一台28英寸自行车跟着师父走街串巷。

我第一个师父叫辉哥，江西九江人，入职邮局前曾在家私厂当过多年的开模师傅。第一天上班，师父带我做的第一件事就是吃早餐。骑着车紧跟着师父出了邮局，一路向东。过了一座桥，再骑一段没有村落的水泥公路，最后在一条涌边的一幢居民楼前停了下来。师父说："我们先吃早餐吧！"居民楼为三层旧式小楼，首层两扇卷闸门，里面一边放着一排长长的玻璃柜台，另一边摆了几张圆桌。三三两两有几个操着本地口音的老人在脸红耳赤地聊着天。

我们各自点了一碗生滚粥。当师父的那一碗冒着白烟的滚烫的鱼片粥端上来时，师父向玻璃柜台的那一排红色的酒瓶指了指。店老板很默契地踮起脚，从柜台上取下半瓶酒，拿了一个玻璃杯递了过来。之后师父又多要了一个杯子，说："阿用，陪我喝一杯。"正当我要以喝酒会脸红来推托时，师父又说："既然来到这里了，就要入乡随俗嘛。"为不扫师父的兴，倒了小半杯。红色的瓶身"红荔牌红米酒"几个字特别醒目。我在来顺德之前去过海南、重庆等地，红米酒没有那高度酒火辣，容易入口，有一股甜香味。

小半杯酒下肚，胃暖肚热，话也多了起来，完全没有刚开始时的那份拘谨。

我最后一个师父叫七根，龙江本地人。他是一名乡邮，每天早上回来取报纸邮件即可，其他时间自由安排，家里还有鱼塘、小卖部等副业。每天的派送任务只要半天就可以完成，收工后回他家的小卖部煮中午饭，有时也会留我在他家吃饭。他家养鱼，几乎吃鱼为多。自家鱼塘抓上来的大头鱼，鱼头煮汤，鱼身切块红葱焖。鱼头开成两边，下油锅煎至金黄，倒温水，盖锅煮沸，出锅前下红米酒，汤色奶白，味道香甜有酒香。焖鱼也下红米酒，焖出的鱼糯香，更入味，更绵。有时也会切片吃鱼生，七根师父说："吃鱼生，一定要喝红米酒，鱼片生着吃，最怕有寄生虫，我们南方人吃得太辛辣会肚子痛，喝红米酒就不怕，既可以杀菌，肚子又受得了。"在七根师父的家里，我看到红米酒成了当地人必不可少的餐桌习惯。

我用了半年的时间熟悉了18条邮路，从一名替班邮递员成为最熟悉龙江投递路线，及交界划分的不可替代的邮递员。后来调任内部从事分拣、封发方面的工作，从此不用再走街串巷、日晒雨淋了。

2005年，我参加顺德区首届直属工会运动会的长跑比赛，近千人围着新城区的街道跑了一个大圈。我取得了第八名的好成绩，闭幕式在容桂体育馆举行。我非常记得当时除了证书和奖金之外，长跑前二十名的选手，每人奖励了一瓶红荔牌金装红米酒。这么多年，几次搬家，扔了不少行李，但这一瓶金装红米酒我一直都把它带在身边。一是为了让自己记住，青春的初年对工作的那份赤诚和热爱；二是为了感恩记忆中的那抹红在我人生出道时带给我那无尽的温暖。

二

2011年，我与女友结束了6年的恋爱长跑。妻子是乐从本地人，我是外地的，对当地的婚嫁风俗一知半解。家里也没人帮着提亲，我就硬着头皮问岳母有什么要求。岳母说："嫁女不是卖女，礼金你看着给吧，反正将来也会随回给你们，但有一个条件不能少，就是要200嫁娶饼和两箱红米酒。"

2012年，我儿子出生，满月我提着红鸡蛋和用红绳绑的两瓶红米酒跟着岳母挨着往亲戚家里送。我才明白，在顺德，婚嫁添丁等喜庆之事，给亲戚送红米酒这个礼数绝不能少。不管你贫穷富贵，两瓶红米酒送进了家门，就是欢喜。那一抹红色联结着浓浓的亲情和深深的祝福。

三

今年春节，家乡的年例风俗，我被祠堂宗亲推选为头家。在家乡要成为年例头家，首要条件就是必须成家，轮流排队到了一定的年纪，经过长辈推选，禀报先人同意，才可当选。在家乡只有当过年例头家，在族人面前才算真正成年。也意味着得到长辈信任，是一个有担当，有能力侍奉先人的合格人选，在家乡这是一份荣耀。当选年例头家除了代表家族进庙拜祭，还要在年初十当天宴请亲朋好友，谓之做年例。

年例那天，我的老舅舅问我："你在顺德这么多年，有没带什么顺德特产回来孝敬我啊？"我妈兄弟姐妹多，老舅舅很小就送给别人抚养，前些年才与我妈姐弟相认，互走亲戚。小时候家里穷，缺衣少食，年轻时受了不少苦，年老了就爱喝一口小酒。我连连说："有！有！有！今天啊！顺德红米酒管够。"酒毕，我的老舅舅拉着我的手，竖起大拇指说："那个顺德红米酒啊，得艺！靓咪！（家乡俚语）入口顺，柔，好喝不上头！"

看到头发稀疏，红光满面的老舅舅席间与旁人谈笑生风，我感觉，这一顿酒让我找回了曾经丢失的很多，很多……

四

曾经，我给别人推荐过乐从鱼腐、脆皮火腩作为手信送人。如今，我想再加上一项红荔牌红米酒，与乐从鱼腐、脆皮火腩组成顺德特产铁三角。有酒有肉才算人生快意嘛！

在罗沙和水藤市场间徜徉

肥婆酱油鸡

肥婆的档口名叫"肥婆烧腊"，我最喜欢的是她家的酱油鸡。肥婆酱油鸡，无论是色泽、肥美度，还是味道，我认为都是恰到好处的。

一、选鸡。肥婆家选的是初蛋鸡，"炳记"选的是骟鸡。骟鸡比初蛋鸡的个头要大，鸡龄也老，所以骟鸡的肉柴，骨头硬，牙口不好，吃不了。初蛋鸡肉滑松软，细嚼骨头有酥香。二、制作。肥婆酱油鸡表皮金黄且入味，"湛江鸡"的酱油鸡就只得表皮有酱油色，鸡肉完全无味，吃起来如嚼蜡。

有一次，事急，赶不及买菜，吩咐妻子去肥婆家买酱油鸡。中午回来一看，不对，在微信上发了一句："酱油鸡不是肥婆的！"妻子先是回复一惊讶的表情，接着又来一句："你吃得出来？这么厉害？"我说："不用吃，一看就不是肥婆的酱油鸡。"妻子又发了一大拇指，说："高！实在高！"我说："不是我高，是肥婆高，做事最高的境界就是有辨析度。"

当然，肥婆烧腊也不是每样烧味都是最好的，比如叉烧就没有"炳记"的好，手撕鸡却是"湛江鸡"的更出色。所以，每个人都做自己能力范围内的事，并用心做成有自己的特色，也是挺好的。

兄弟鱼档

阿忠和阿诚是孪生兄弟，六十来岁，合伙开档卖淡水鱼。阿忠是大哥，稍胖，性格开朗；负责询客，捞鱼，过秤，收钱。阿诚是弟弟，较瘦，沉默寡言；只负责捅杀。配合默契。

有一次，我去买鳜鱼，阿忠像往常一样和我搭话，捞鱼，过秤，收钱。阿诚刮鳞，开肚，冲洗。阿忠问我如何吃法，我说砍块清蒸。接着阿忠冲着阿诚喊了一声："骨扒！"手起刀落，鱼就砍成我心中想要的样子。

有时我觉得阿诚不是在服务每一个顾客，而是在认真对待每一条鱼。鱼在他的手上，已不再是一条鱼，而是一件艺术品。当阿诚把鱼装袋，递到我手上时，我真诚地看着他，说了声"谢谢"！

阿香和阿强

阿强原来是在罗沙市场帮一老板卖冰鲜鱼的。后来，不知何原因，去了旁边另一老板那卖淡水鱼了。阿香是来顶阿强的空缺的。

再后来，见到他们俩的时候，他们已在水藤市场合伙卖淡水鱼了。听说他们在一起了。

从那以后，每次见阿香，她总是笑容满面，嘴好像喝了蜜一样，甜丝丝的。刮鱼鳞时，手指好像在弹钢琴，肩膀一耸一耸，脚尖好像在跳舞。

他们在默默地埋头杀鱼，很少会凝神对视，但我总能感受到他俩那浓浓的爱意。

香菜西施

她是新来的，有时还看到她在档口奶孩子。由于男女有别，不方便打听称呼姓名，档口卖葱、蒜、香菜，就暂且称她为香菜西施吧！

以往的经历，买一块钱葱，老板从不称，用手扒拉三五条，打发你走了，有时一块钱还不卖，说下不了手。

自从有了香菜西施，妻子每次摘葱都有意见，说："每次买那么多葱干吗啊？吃好几餐，下餐没得买了吗？"

我说："我只买了一块钱啊！"

"一块钱？我平时三块都没那么多。"

"我说只买一块钱，她还称了，之后还往里面搭。"

"那肯定是你的样子凶神恶煞，她怕你。" 妻子愤愤。

有时见到香菜西施的男人在早餐店吃早餐，老板娘问他："就你自己一个人吃，不打算给你老婆打包一个啊？"男人说："我老婆一大早就自己煮过早餐吃了，给她带，还不是惹她骂？"

香菜西施身材匀称丰满，面容旺夫。

在罗沙和水藤市场间徜徉

罗沙市场与水藤市场拉直距离不出300米，它们却各有各的特点。罗沙市场以批发为主，所售的品种，都是以走量为目标，价格相对便宜，也较新鲜。水藤市场以本地人为消费对象，品类多，方便选择。如果把菜市场比作书店，罗沙市场就相当于网上书店，先想好要买的品种，去到直接下单，给钱。逛水藤市场就相当于逛线下书店，是可以遭遇的，适合慢慢逛，走走看看。有时还有机会与美食相遇，与记忆重逢。

春天时，我在水藤市场逛着。于出口的巷道，碰见一本地阿姨的摊位有枸杞头。想起汪曾祺写过"枸杞头是春天的野菜，春天吃枸杞头，云可以清火"，买了一把。

春天的枸杞头全是嫩叶，没一点浪费，用手轻轻一掐，连枝梗都能掐断。泡在水里，稍泡久都怕泡烂。一小块瘦肉切丝，两个鸡蛋打散。水滚，一起下锅；煮沸，熄火，在锅里稍焖两分钟，就可以喝了。

啊！清甜！想到一个词——"时令鲜味"。

在水藤老街行走

在水藤老街行走，就像随手翻开一本扉页泛黄的散文诗集。"老街蚝门""茶香小歇""螺蛳粉与粥"，连店铺的招牌都是那样充满故事与诗意。

"螺蛳粉与粥"是一家早餐店。早上，街上还亮着路灯，散发着朦胧的白光。街上还没几个行人，小店门口的煤球炉上的水滚了，热气弥漫，宛如仙境。有时，来自广西柳州的胖子老板，坐在店门口红光满面，吃红烧肉跟毛主席一个口音。在水藤老街行走，逛累了，想找个地方歇脚，喝杯奶茶，如果来早了，对不起！只能让您吃闭门羹了。"茶香小歇"要过了中午才开门营业。听说店主娟姐是一位单亲妈妈，她有一对双胞胎女儿。我曾见过她们在店里写作业，说话奶声奶气，很让人疼惜。店里播放的音乐都是二十世纪八九十年代的怀旧歌曲，闲坐片刻，沉浸在特有时代感的靡靡之音里，常会让人忘了今夕何夕。我没有吃夜宵的习惯，因此也就不晓得"老街蚝门"的美食味道如何。夏天经过时，常看见老板穿着白汗衫在烟雾中挥舞锅铲，来回翻炒着滚烫的锅底。冬天经过时，看见老板在用小炭火烤着生蚝，店里灯光昏黄，眼前的一切，看一眼，就让人心生温暖。

　　老街也有它应有的面貌。网吧挨着山药摊，山药摊亲着理发室，理发室倚着云吞店，云吞店连上凉茶铺。在狭长的街道上走着，常在不知不觉中，便有六家发廊，四个卖水果小贩，三个大排档的摊点，被你抛在身后。推单车的阿伯正在和卖花的档主搭讪；着睡袍的发廊女袖手倚门搔首弄姿，偶向路人嘟起猩红的嘴巴；穿工服的男青年，正站在网吧的入口处，顶着蓬乱的头发，眼圈褐黑，嘴里叼着一根烟，陷入沉思。不知是对《王者荣耀》意犹未尽还是他的爱情又被别人修改了密码？摆山药摊的江湖郎中已经转行修单车，只不过广告牌的背面还依稀可见"祖传秘方……有病治病，无病健身"那些个"黑"字。桥头某门诊部在派发保健专刊，头一次见到有人把保健刊物办成色情杂志，标题低俗露骨，图片不堪入目。

　　老街也不是一成不变的，街道后排的那条河涌，这几年就有了很大的改观。弯曲的河涌依着商铺的屋脚缓缓地穿过这条老街，把各社区连在一起。我刚落居于这城乡接合部时，河涌内常漂浮着人们随手抛下的塑料袋、空酒瓶、烂菜叶。夏天经过时，涌水乌黑浑浊，臭气熏天，蚊蝇纷飞。每每经过此段，行人都是皱眉捂鼻，急急加快脚步，匆忙离开。近年来，政府加大治理力度，实施垃圾分类，改造排水系统，实行"厕所革命"，实现雨污分流。虽然做不到涌水清澈见底，但鱼虾是有了，有时还见几只小鸭子在悠闲地游泳。

　　何婶是我在水藤老街认识的街坊。她原先在水藤公园门口旁的"大眼美食"卖咸煎饼。她为人和善，整天笑眯眯，干活也不挑，属于有活就干的那种。有时老阿姨们（个个都是六十岁以上）因为工作分工不均会拌嘴，每次都是何婶出来调停。那几年，我赋闲在家带小孩，常去"大眼美食"吃早餐，一来二去，大家也就熟了。后来老板关门歇业，何婶就回来打理她的菜园子了。菜园子就在老街河涌边上。十几平方米的园子，还临涌边搭起了瓜棚。每年春末夏初，何婶的"水影节瓜"都会按时上市。"水影节瓜"即黑毛节瓜，因长在水边的瓜棚里，节瓜吸收了水面反射的充足的阳光和水分，瓜身乌青油亮，故被称为"水影瓜"。节瓜口感沙甜，夏天时，我常会用它与鲮鱼胶一起滚汤，清甜下火。谷雨那天，我见何婶在涌边打水浇菜，连问："今年怎么没见你去市场卖节瓜呢？"答："今年政府不给在涌边搭瓜棚了，改种其他了。"临走时，还送了我一把番薯叶。

　　水藤老街，首尾连接着罗沙和沙边，社区间的界线不是很明显。贾平凹笔下的"白浪街"一街连三省，水藤老街也可谓一街连三村。有时走着走着不经意间就拐进了沙边大街。一条街七座古祠堂，还有古桥、古榕。轻踏着悠长的麻石路，仿佛走进了时间的迷宫之中，仿佛听到了历史的回响。初夏的阳光灿烂，曾照过何济（明代进士）的阳光，转眼照在了谭用的身上。

在罗沙小学看花

时间过得真快，一转眼，儿子就上小学四年级了。头两年接送还可以进校园，这两年，因为疫情，只能在校门口接送了。

12月16日，广东省中小学劳动教育现场观摩研讨活动（佛山专场）在罗沙小学举行，我应召回学校当义工家长。两年没进校园，学校有了翻天覆地的变化。以前操场边上废弃的小园子，现在已开辟成了百花园。冬日暖阳，玫瑰艳丽，茉莉文雅，千日红、长春花竞相绽放。以前蚊虫纷飞的科技园现在改成了嘉宝果园，筑起了小桥流水，小溪游着鱼儿，清澈见底。还增加了蔬菜园、中草药园，还有饭堂楼顶的空中百果园。

百果园是我最喜欢的。楼顶种果树，楼下饭堂可隔热，果树阳光更充足。时是初冬，果园里挂果的有冬枣、杨桃、橘子、柠檬……硕果满枝丫，好像在争着让人们采摘。而此时我只在想——明年春天，如能再进来看看就好了。我期待春天百果开花的盛况。到那时又会是一派怎样的景象呢？我猜，最先开花的应该是淡粉的桃花，她像一个羞答答的小姑娘，满脸红扑扑，总是在你不经意间就盛开了。接着呢？接着应该是李花，米白色，在枝丫间点缀着，像满天的繁星。最后的应该是橘子花，那时已经是春末夏初了，她另辟蹊径，她不愿与百花争艳，她要把花香留到最后，一出场，就要让你刮目相看。只可惜，可惜现在是冬天。不过，一场令人神往的盛宴，是需要孕育，需要准备，需要徘徊，需要等待的。

这让我想起，六一儿童节那天，班级老师带着孩子们去游园。儿子在花影长廊前留影，小家伙穿了一套浅绿色的汉服，手里贴胸捧着一本《唐风宋韵》线装书，头顶的使君子开得灿烂，显得整个人特别精神阳光。我在朋友圈留了一句："今天，校园里的花开得很耀眼，风也很轻软，每个孩子的童年都没有玩够。"罗沙小学真可谓是四季有花，四时有果。

他们是幸运的。

水藤公园的老头们

这几年由于运动量减少，导致体重直线飙升。妻子已给我下了最后通牒——不减重就减食。对于一吃货，为了口腹之欲不受影响，只能乖乖地答应去减重，每周抽两天去水藤公园跑步，去多了，认识了几个自认为"特别"的老头。

打功夫的梁伯

第一次见到梁伯，我在围着水藤公园跑圈。他也在跑，而且沿着我相反的方向。第一圈与他迎面相见，第二圈迎面相见，第一圈相见与第二圈相见的地点，仅相隔十来米，他跑得很慢，比普通人走路都要慢。你与他对视，总感觉他在定定地看着你，嘴角往一边歪，时不时会不受控制地流出口水，对视稍久，你内心就会发怵。

跑步只是梁伯的热身，跑完他还要去凉亭边的空地打功夫。把随身抱着的收音机往地上一放，接着半蹲着扎个马步，伸长手臂一拳一拳就往前抡。但无论怎么努力，抡出的拳头不是高出就是偏低，很难与目光在一条水平线。抡得有点滑稽——真可谓"给我左手右手一个慢动作，右手左手慢动作重播"。有时他还会来个扫堂腿，腰却是直直的，然后整个人旋转个三百六十度，显得认真又可爱。没一会就气喘吁吁了，脑门冒汗，脖子周围的T恤湿了一圈。

有时梁伯见我在看他，就主动和我搭话："不用上班啊？"我说："我就一闲人，没班上啊！"他说："闲好啊！劳逸要结合，身体健康最重要。我年轻时就太拼命，前几年中风，现在口水流流，想抱一下孙女，每次她都哇哇哭，不让抱，唉！"

有一次，早上下了小雨，我去水藤公园跑步，跑完都没见梁伯。我想，天下雨，他不会来了吧！可回到九眼桥头，就见梁伯抱着他的收音机，步伐蹒跚地往水藤公园方向走来。

百花丛中一点红

陈伯是太极队的领队，准确来说应该是女子太极队的领队（队员是一群大妈）。每次见陈伯，他都是一身白绸褂裤，俨然一仙风道骨老人。在水藤公园的小广场前，他身后跟着一群老太太，有时舞太极剑，有时打太极拳。

音乐舒缓，至柔至弱，一把长剑上下左右翻飞，倏忽间，忽地一剑斜刺，复一回首，身体自然扭转一边，放胯，与地平行，漂亮而得体。她们悠然地旋转着，动作连贯流利，一段接着一段，毫无倦意，不时说笑，脸上洋溢着健康的红润。有时，我见她们舞剑时，还一手持一红折扇，一脚悠悠往前伸，然后双脚到地，"啪"，折扇瞬间打开，整齐划一，像孔雀开屏。我就打趣道："陈伯，怎么她们都有红扇，你没有啊？"

"大老爷们，打什么红扇呢？你不觉得娘娘腔吗？"陈伯反问道。

有一天，我见陈伯没穿白绸褙裤，上身套了一件印有"红基石"三个字的红T恤。我说："哇！今日好嘢哦！全身红彤彤，好像个新郎哥哦！"陈伯说："哈哈哈！我这是百花丛中一点红。"

"难怪你咁多女粉丝啦！"

"欸！我这是从人民群众中来，又回到人民群众中去罢了！"

独舞者

他喜欢跳广场舞。但在水藤公园，广场舞似乎是大妈们的天下。

大妈们跳大妈们的，他跳他自己的。就在池塘边一小块空地上，只有他一人。

　　他跳舞的动作幅度很大，左摇右摆的，看起来像喝醉酒。跟随着音乐，总是踏不准节奏，一支接着一支，汗如雨下。他好像并不在乎跳什么，或许只是想借此方式，出一身淋漓大汗。

　　他是有工作的，我曾在一单位的门卫室见过他。我不知他姓甚名谁，只记住他有一头乌黑的浓发。

写在春天里

一

今年的春天来得比较早，除夕还没过就先立春了。有人说到了年初一才是春，有人说是春分，还有人说是在惊蛰前后。立春的"立"，是将至未至，将起未起。可要我说，我不想再等待，春天就从立春开始算起吧！

这几天早上，我跟儿子都还在睡梦中，妻子就在叨叨个不停："这菜没法买了，连菠菜都卖到十元一斤了，整个市场空空荡荡，选都没得选。"是的，这几天整条巷子的左邻右舍，每天都有人提着大包小包，洪流汹涌，连同所有的便利、高效和舒适，一同消失在了火车站、飞机场、长途客运站。

一年之间，唯有这个时候会让这个城市的本地人，清楚地认识到究竟是什么让这座城市运转。在城区与城区之间，在街道与街道之间，从一个水泥小盒子到另一个水泥小盒子，存在着无数张你不曾仔细打量过的面孔，如同繁忙的工蚁不断运送各种物资。在这个城市十几年，经常听到本地人议论我们这些"山仔"的是非长短——外地人带来了拥挤，外地人造成治安压力，外地人抬高了房价，外地人抢走了工作机会……那么，现在就可以感受一下外地人离开之后的城市生活吧！

二

儿子在家困了几天，实在是坐不住了。电视也看厌了，糖果瓜子也不吃了，吵着嚷着要去逛街。今天是大年初一，走在街上，整条街稀稀疏疏没几个行人。所有店铺都关张了，一路只看见挂了很多纸牌子，上面写着"房屋招租"。平时有很多本地人在边抽着烟边打着麻将边数着租金的小卖部也没有开。只见到幼儿园门口燃放过的鞭炮留下一大堆红红的鞭炮纸。儿子很是好奇，小家伙在鞭炮纸堆里玩了半天，很仔细地把纸堆里还没完全燃放的炮仗，一个一个找出来认真排好。看着儿子一个人独自玩得如此入神，也不知道说些什么好。不知道是为他们这一代感到庆幸还是感到悲哀。现在的孩子，家里电视、电脑、手机想看哪个点哪个。我们小时候整个村才有两三台黑白电视机，下午四点的动画片，一群孩子满村子跑。为了能看上动画片，平时还要讨好家里有电视机的孩子，生怕他们不让你上他家看电视。更不用说糖果、饼干、水果吃到不吃的啦！如果要想天天吃上糖果、饼干，也只有过年的时候了！小时候特别喜欢过年，每每腊月初就开始掰手指，算日子。过年除了可以自己动手放鞭炮、点烟花、看大戏，在我记忆中还有一件从来不敢在大人面前说起，但又在童年留下美好回忆的糗事——偷供品。

在乡下，除夕夜与年初一临界时，会在祠堂的八仙桌上摆上橘子、冬瓜糖等用来拜祭祖先祈福。对于小孩子，除夕夜简直就是狂欢夜。早早吃过晚饭，洗好澡，穿上新衣，约上小伙伴先聚在某家打牌，输赢用本子先记起来。到差不多凌晨的时候，我们就去祠堂门口找个地方藏起来。这时候谁上去偷，谁负责把风，各人分配多少，全都是按之前打牌的输赢来决定的。我们屏住呼吸，静静地看着大人们在谈话、拜祭、祈祷，最后点燃鞭炮。等大人们各自回家了，就由之前打牌输了的小孩，提着准备好的袋子上去把供品打包；打牌赢了的小孩，就负责把风和接应。最后到村外的草坡上分享偷来的所得。也是这时候才是最开心的，可以大声喊，放声笑，随意吃。吃饱了，头并着头躺在草地上，说起过去的一年每人的趣事以及长大后的种种不着边际的理想。看着天上明明灭灭的星星，听着风吹过树林沙沙的声音，也就是这时，才感到了漫长的冬天已有一丝丝温暖，春天真的近了……

"爸爸，我要滑滑梯！"我在思绪中被儿子的喊声拉了回来。不知什么时候，幼儿园里的滑梯上来了四个小孩。一男三女，女的很明显都是姐姐。他们的父母就坐在滑梯旁边的石凳上，各自低头看着手机。儿子与他们玩得很开心也很融洽，他们各自分享自己口袋里的糖果，相互道着新年好。与小孩相比，我们大人要拘谨得多，我们并没有相互问候。儿子到了要走的时候还努力地向刚才的玩伴挥手，说着再见。而我们这些大人却淡淡地看着这些，因为我们知道，候鸟和候鸟之间从不说再见，因为我们不在这里重逢就在那里重逢，我们都是在鸟群里，一起朝着春天飞去。

这个春天，我看见

特殊的朋友圈

在新冠疫情阴影的笼罩下，整天只能宅在家里，手持手机关注着各种有关疫情的最新消息。内心随着疫情的各类数据变动而跳动，哪怕是农历除夕，关注疫情也比眼下的欢聚生活更用心。晚上，照旧刷着朋友圈，一个平时不怎么联系的朋友发了一条特殊的朋友圈，内容如下：

"本人一家四口，1月21日从顺德回老家湖北孝感，23日从孝感返回顺德，目前家庭成员精神状态良好，没有不良反应，但为了不给社会添乱，不给国家造成不必要的负担，全家决定居家自行隔离14天，详细情况已报告所在居委会，请各位亲友相互监督，如有违反，欢迎举报。"

通过这条朋友圈，我看到了友人的坦诚和作为一名公民的责任与担当。

总有一些人逆风而行

随着疫情的加重，有一些人开始恐慌了。网上充斥着各种难辨真假的消息，有人还在微信群里转发不明时间、不明地点的人在各超市抢购粮油、蔬菜等民生物资的视频，唯恐天下不乱。

27日出门一趟，这个春节第一次踏出家门，家里储备的蔬菜所剩无几。平时熙熙攘攘的街道，冷清了不少，路上的行人寥寥，都自觉地戴起了口罩，看来大家都已习惯遮脸相见。

进了一家平时少去的超市，鸡蛋不涨价（6.88元/斤），每人限购2斤；金爵士碗面不涨价（19.9元/箱），每人限购一箱；口罩不涨价（1.5元/个）每人限购3个。相比平时常去的另外两家，面、鸡蛋加价不限购，瞬间增添了不少好印象。看来以后要常来。

刷朋友圈，在广州永辉超市上班的同学，把他们超市仓库的粮油储备，拍照发圈。告知各位，储备充足，理性购买，不要盲目哄抢。又及，读到同乡著名诗人张慧谋先生写给茂名赴湖北抗疫医疗队全体医护人员的诗：

　　　　北上，是近于悲壮的字眼
　　　　因为抗击疫情就是一场严酷战争
　　　　从队旗下出发的那一刻

你们就是战士，是隐形于

无硝烟战役中的"逆行者"

…………

纵然如此，你们也义无反顾在"请战书"上

签下自己的名字，意义不仅仅是职业使然

更在于大难面前的一种担当和侠义豪情

"不计报酬，无论生死。"谁可以签下

这份"生死契约"？谁可以从骨头里

砸出石裂山崩般的誓言？

…………

瞬间泪奔。

与儿子谈偶像

整天窝在家里，除了刷手机、看电视，也要陪儿子一起玩，相互解闷嘛。29日晚，不知何原因，跟儿子聊起了关于偶像的话题。儿子说他的偶像是幼儿园时的一位女同学。原因是这女同学所在的学校舞蹈队，参加了佛山少儿春晚的演出，上了电视，俨然一位大明星。问我的偶像是谁？

"钟南山！"我脱口而出。

儿子问我为什么？

我说："钟南山爷爷很勇敢，84岁了，每有疫情都是冲在最前面，不怕危险，亲临武汉，如黑夜里的光亮，给我们无限的安全感。还坚持健身（因为我做不到），八十多岁的人，看起来像六十出头，医术高明又自律，我很敬佩。"

儿子又说："那我长大也要成为钟爷爷那样的人。"

我说："医护人员可是很辛苦的哦！你看（给他看这次抗战在前线医护人员的照片），脸上由于长时间戴防护口罩，都勒出血痕了，过年都只能在病房里吃方便面。"

"哦，那也太辛苦了，那我们应该为他们做些什么呢？"

"我们现在要做的，就是乖乖地待在家里，不要出去乱逛，少患病，不给他们添麻烦。如果非要感谢他们，就在家里给他们写封信吧！"

说完，儿子转身就去书桌前找笔和纸。

这个春天，我看见

这个春天，在疫情面前，在灾难面前，我看见榜样的力量，企业的良心，国家机制下每一个公民的自觉、责任和担当；这个春天，在疫情面前，我看见寒潮中"逆行者"的勇敢无畏，坚强的信念和绝不言败的斗志；这个春天，我看见希望，我看见大国崛起的脊梁；这个春天，我看见人性的文明之花在灿烂开放。

居家杂忆

·

疫情还在持续，学校延期开学。每天宅在家里，除了照顾家人一日三餐，还要辅导儿子预习古诗。

四时田园杂兴
〔宋〕范成大

梅子金黄杏子肥，
麦花雪白菜花稀。
日长篱落无人过，
惟有蜻蜓蛱蝶飞。

时是"雨水"，屋外下着透犁大雨，父亲若还在世，定会忙着泡谷种，准备下秧苗了。我猜想，顺峰山的黄花风铃木应该正开得灿烂，滨江公园的紫玉兰依旧？姹紫嫣红。

　　忆起去年这时，随乐从文学会去鹭洲采风。村口的苦楝树，一树站成一排，向行人行着注目礼，树叶嫩绿，花香淡雅。只可惜，如今也只能独自开放了。

　　去年初春，儿子兴起，要去金沙涌钓鱼。得一四指大罗非鲫，儿子不忍杀之，要我冒雨带去乐从文化公园人工湖放生。记得湖边整排的垂柳正吐着鹅黄的嫩芽。水里的残荷也褪去了冬天的萧瑟，泥土下蕴含着无限的生机。小鱼放进水中，三步一回头，慢悠悠地向湖心游去。从此儿子就像小王子与小狐狸的约定一样，每周末都要来给小鱼喂食。而现如今，因为疫情居家，也不知要到何时才能奔赴他们的约定了。

　　昨晚读萧红的《小城三月》，文尾写道："在我的家乡那里，春天是快的。五天不出屋，树发芽了，再过五天不看树，树长叶了，再过五天，这树就像绿得使人不认识它了。"随着作者对翠姨的惋惜，掩卷沉思，时已深夜，窗外一片寂静，街巷路灯昏黄，它在等待着哪一个夜归人呢？当然，这只是指往常，现在非常时期，夜归人都不外出了，这个世界生病了。希望能如文友所愿：这个春天，"青草不会辜负春风，花蕾不会辜负阳光，泥土不会辜负雨露"。

　　看同乡文友的朋友圈久了，难免会被影响。年后，从其分享的藏书中，挑几册对上眼的，放家里，闲来翻几页。昨天发货，今天就收到了（看来复工正常）。派件的竟然是邻居，非

常时期，为减少接触，嘱他从墙外飞件进来。临走时，邻居回
问一句："谭先生，全家过年安好？"那爽朗的声音，响彻整个
街巷。

包裹反复消毒，拆封，图书五册。按当下的情景翻开周作
人的《雨天的书》。谁知开篇寄语就正中当下的心境，躲都躲
不掉。

花明年会开的，
春天明年也会再来的，
不妨等明年再看。

很多人都说待在家里，整天无所事事，非常难过。我建
议，没事多给家人煮煮饭，煲煲汤，陪陪孩子，保证一天很快就
过去了，连午睡的时间都没有。

如水生活

早上起床时，儿子说我管他太多了。好吧！今天给你自由。

整个上午，他上网课，他做作业。他不叫我，没问题问我，我绝不主动出声。

我看我的书。泡冬菇，浸汤料。间隔给他倒水，盛汤。一时间做一时间的事。

中午，我说吃饭，他收拾桌子，拿碗。

我们各自默默吃饭。

嚼饭时，想起几年前看过的一部电影——许鞍华拍的《天水围的日与夜》。

一部接近于默剧的影片，对白很少，节奏很慢。像架着一部摄像机，拍的普通家庭，母子俩如水般的日常生活。

当时觉得沉闷，差点没能坚持看完。

　　我也常问自己，这几年我都做了些什么？做的无非就是照顾家人的一日三餐。保证儿子饿不着，冻不了。天冷，半夜起来给他盖被子。天热，半夜起来给他垫背换衣服。生病，有人递水，有人喂药。

　　谈论的也只是各自的日常。

　　生活哪来的那么多山长水阔？过的不都是平淡如水的日子吗？只不过，对生活的感受，有的人细腻，有的人丰富，有的人粗糙，有的人简陋罢了。

童言童语

背锅的阿姨

最近儿子的学校在开展防拐骗教育。

那天儿子吃完阿姨给的花生米，躺在地上若有所思地说："我好像跟阿姨也还不是那么熟嘛！"

我说："那又怎样呢？"

然后，儿子不紧不慢地说："我在想，阿姨为什么对我那么好，会不会是阿姨想把我拐卖了呢？"

蜜蜂没刷牙

跟儿子去公园回来，问他："要不要喝杯蜂蜜水？"

"不要！"儿子回答得很干脆。

我说："为什么？"

儿子郑重其事地对我说："我刚才在公园很仔细地观察过了，蜜蜂在采蜜前都没有刷过牙！"

男人的告白

那天儿子拿着手机放在耳边听歌。

妻子慌忙向儿子喊道："小宝，你这样耳朵会聋的哇！"

儿子不慌不忙振振有词地说："爸爸说，男人的耳朵聋点才好，这样就不会被你们这些女人天天的唠叨活活地气死。"

我们的新奇士（星期四）

人生旅途，常会有一些连名字都叫不上的人或事，在不经意间闯进你的生活。随着时间慢慢飘逝，不但没有把它忘记，反而时不时地从你的脑海中跳出来，久久让人难以忘怀。

十多年前，我在某度假农庄从事后勤工作。一天晚上，去酒店大堂交还部门钥匙，经过大舞台，那里正举行着某乡村音乐选拔赛，还请了一支外籍乐队来助演。比赛分为少儿组和成人组。少儿组是些培训机构组织些小孩子来参加，都是敲架子鼓、拉二胡什么的。成人组我只记得有个二人组合，叫"我们的新奇士（星期四）"（音译，无法确定具体的名字）。主持报他们队名时，观众席起来两个身穿黑色T恤的年轻人，十七八岁的样子，很腼腆，扭扭捏捏走上舞台，明显是一对舞台素人。评委问准备好没有？他们说要边弹边唱，可他们却没有自带乐器，想借外籍乐队的电吉他一用，但被拒绝了。突发事件，顿时台上台下，包括评委、主办方、参赛者和观众都显得难堪和尴尬。最后在主办方的协调下，外籍乐队才很不情愿答应把吉他给他们一用。他们弹唱了一首原创歌曲，旋律还不错，唱功很一般，最后他们却进入了复赛。

不知道为何，多年过去了，这两个年轻人我一直都还记得。每隔两三年还会在网上搜索"我们的新奇士（星期四）"这个队名。可惜，却没有找到任何相关的信息。我也常问自己："这是为何？"因为梦想、勇气，还是这俩年轻人有我青春初年的影子？一时，我也回答不上来。或许这两个年轻人，早已放弃了他们的音乐梦想，分道扬镳，淹没在茫茫人海；又或许现正在一个潮湿而又阴暗的建筑工地搬砖；或在白炽灯下的流水线上给某机器安装螺丝；或在某高档餐厅端盘洗菜。也或许像我一样，理想主义的白衬衣已经快要被隆起的肚腩所崩裂。当年弹吉他的手，如今握着高脚杯，那杯子里摇晃着琥珀色的勃艮第。生活里除了苟且就只有苟且，无非有那么一点点精致的小情趣。140个字都少有人看完，在一图胜千言的时代，哪里又有什么音乐和诗歌？真正的音乐和诗歌写在那张粉红色的纸上，上面有一行清晰的大字：中国人民银行。

青春的初年，应该怎样度过才算有意义？什么东西能伴你走过漫长的、幽暗的人生岁月？或许现在的年轻人都会整天想着弄一个什么项目，然后去投资什么的。但如果创业失败了，钱也没了，只会让你知道自己不行，让你知道社会原来如此复杂和不堪，让你知道朋友原来可以这样用来出卖。我不知道这些记忆在人们的心里有多少是正能量的，但最起码我不想让这样的记忆陪着我一起变老。记得我的启蒙老师汪华生先生曾给我写过一封信，里面有一句："人如果没有那么一点点梦想和爱好，那靠什么能让我们坚持活下去呢？"或许"我们的新奇士（星期四）"最终是被解散了，但乐队解散了也并不说明他们已经失败了。他们度过了美好的青春，听过了美好的音乐，他们写作了，他们努力了，这些记忆最终都留在他们的心里，伴他们走过漫长的，幽暗的人生岁月，懂得了怎样随遇而安。

我有一段时间在公众号上写文章，断断续续，坚持了四年，写下十几万字。人到了一定的年龄，就好像左手提着重物，右手提着一个更重的，两手交换一下，就算休息了，因为哪个都不能放下。有时白天实在抽不出时间来写，就只能晚上睡前用一点点时间，记录一下最近的喜怒哀乐，所思所感，诉说一下白天的辛劳，权当一种放松。人与人之间最小的差别是智商，最大的差别是坚持。有一次，有个同学看到一篇文章，转发给了我，留言道："看到这，我就想起了你。"或许这是一种鼓励，也是一种肯定。在同学眼中，我只是一个爱写不咸不淡文章的"老作"；在亲戚眼中，我只是一个窝在家带小孩的男人；在妻子眼中，我只是一个整天看手机不做家务的死胖子。而在我看来，时光本应浪费在美好的事物上，比如用文字记录生命的喜乐与感动，比如陪儿子度过快乐难忘的童年，再比如与一群志同道合的人在一起交流，让思想碰撞出智慧的火光。以一个个体在诉说自己的故事，讲述自己的苦乐。以庸常对付庸常，以琐碎抵御琐碎。

邮情岁月

挂　念

若干年前我在S城念书，当时负责校文学社刊的编辑工作。有时也写些豆腐块寄出去，偶尔也能见于某报的小角落上，因此经常有信收，有时一天能收到好几封。

两年后我转学到L校，依然保持写点东西的习惯，偶尔也能收到信。但让我最奇怪的是：最多是寄到S城再转寄过来的信件，邮局哪里有我的新址呢？

如今我在T城谋得一份投递员的工作。在工作中我发现，在这座城市的Z校的高中部有一位男生，有很多信件，有时一天有好几封。

自9月后，所有送给他的信都被Z校退了回来，被告知他已转到别校去了。时间一天一天地过去，寄给他的信越积越多，堆满我桌前的小橱柜，但依然不知他的新地址。我没有把它们退回去，只为有一天他能亲自到邮局来领取，或偶尔有一封写着他新址的信，好让我把它们改寄到他手中。日子一天一天地过去，我对他及他的信件也越来越挂念……

因此，我也终于懂得了，N年前我的那些寄到S城的信件为什么能安稳地寄给我。那是因为在那座城市的邮局里有那么一位热心的令人敬仰的邮递员叔叔（或哥哥）在像我现在挂念Z校那男生一样挂念着我和我的信件。不同的是，当年我能安稳地收到属于我的所有信件，而现在那男生我依然没有他的新地址，我对那有信的男生依然在挂念。

日 历

时近岁末，总有特别多的事情急于处理。如归档各类文件，整理用户通信地址，处理旧报刊，甚至小到自己手机里的短信，已接电话删除……忙了几天，终于可以松口气坐回自己的座位了。台面已铺了一层薄薄灰尘，找来一条毛巾，准备清洁一下。当拿起那个在我桌前默默立了近一年的台历，心里不禁有一阵哀叹——这家伙，再过几天就要被我扔进垃圾桶了。当想到陪伴自己多时的东西将要逝去时，心中有一种伤感。三百六十五天，它默默地陪伴我走过一年的每一个日子，不管这东西是否昂贵，也觉得珍贵。

我放下自己手中的活儿，仔细地、深情地一页页翻看起来。春节期间，马路车多繁忙，那段日子我曾在台历上记下"外出，注意交通安全，生活是美好的"。因而时时警醒自己：安全生产，珍爱生命。五六月间，领导给我分配新的工作任务，一时间，工作压力大了，心情总是烦躁。也只能在日历上提醒自己"横下一条心，把自身的工作做到更好"。前段日子，香港一代鬼才——黄霑不治与世长辞，却给世间留下最后的微笑。"生命原本脆弱，只有好好生活，才不枉此生。"因此，日历也成了生活中的指南针，给你信息，告诉你未来的方向。在三百六十五天的时光里，有成功的喜悦，有受挫的懊丧，但无论怎样，日历都会引导你一步一步地向前，告诉你昨天已属于过去，未来太遥远，只有珍惜当下，才能收获美好的未来。岁月如梭，孔子有"逝者如斯夫，不舍昼夜"，鲁迅有"时间就是生命"。日历是一面镜子，提醒你珍惜光阴，奋发自励。

当我翻完2004年的最后一页日历，我能自豪地说："我是在时光中走过来的。"

其实你不需要珍藏日历，日历已珍藏你所有进取的日子。

他们都是父亲

前段时间，公司报装了两台空调。当天下午，商家安排人员来安装——两个年轻的小师傅。将近五点，天突然下起了小雨，而此时，还有一台没有安装。两个小师傅以下雨危险为由，扔下一句："装一台空调就几十块钱，何必拿条命去搏呢？"然后走了。第二天上午十点，又来了两位年轻的小兄弟，却发现装空调的位置，楼下停了一辆小轿车。他们又以怕损坏小轿车要赔偿为由，扔下一句："如果我有十几万，就不用来当蜘蛛人啦！"又走了。

领导在嘀咕着，中午我打电话向商家讨要说法，下午商家又派来两位师傅。其中一位近三十岁的样子，留了一撇"一"字形的胡子，笑起来挺和蔼的。他们也意识到自己的理亏，来了二话不说，系好安全带就往窗外爬。窗外，被悬吊着的男子慢慢地往空调位置挪，钻孔，上螺丝，小心翼翼。他应该是个新手，移动的步法不太熟练，身形因而显得狼狈。地上的行人看到了他，又漠然地转过脸去。只有我们李总五岁的儿子兴奋地贴着玻璃，指挥着说："这边，这边，你没有昨天的那个人快！"他谦虚地笑着，努力地加快了手脚。安装好签收时，跟他说起之前同事的事，他说："我们这个工作啊，只要有一单投诉，这份工就没了，他们年轻无所谓。"之后在谈话中得知，受疫情影响，原来他工作近10年的公司突然就倒闭了，迫于无奈，只好当起蜘蛛人。聊天中，还知道他的女儿刚出生不久，初为人父。

临走时，我往他的工作包里塞了两包红双喜。

六月，夏日炎炎，在街头巷尾推车叫卖着"烤番薯，甜糯的烤番薯"的那个男子，想必是个父亲吧。新建楼房的工地里，耸着肩扛着滚烫的钢筋，步伐沉重地往前挪的那个沉默的男子，想必是个父亲吧。不远处那栋大楼里，在一间又一间的办公室批着公文，抄着公文，送着公文的那些逐渐老去的男子之中，想必也有很多都是父亲了吧。一切的奔波，想必都是为了家里的几个孩子。

前天晚上，饭后到江滨路散步。在转弯处有个中年男子骑着摩托车在向我"嘀嘀"地按着喇叭，他想必也是一位父亲吧！然后我掏出10块钱，说："带我去兜兜风，10块钱，你看着办吧！"

第四辑

梦非梦

1992年的摩托车

一

1992年，我读小学三年级。

我那时有个烦恼。每天早操后至第一节课间和下午放学前15分钟，校外的马路总会传来一阵"叭叭叭"的摩托车声，几乎同时整幢教学楼一阵哄笑。班里的同学也齐刷刷地把目光投向了我。此时，我的脸从耳根红到脖子根，一阵炽热。有时干脆把脸埋在桌子底，不敢接同学们投来的带着笑意而复杂的目光。

这是我爸的摩托车声，这声音像过年燃放的鞭炮，像伊拉克战场的炸弹。为了这事，前几天我还跟堂哥打了一架。每天放学，我们都会在雷锋像一角的乒乓球台打球，打得兴起时，都会互相吹牛，我们那里管吹牛叫"车大炮"。堂哥为了还击我，说我车的大炮比我爸的摩托车声还响。大家都知道，我爸的摩托车声是我的死穴，只要提到，就像踩到我的尾巴，瞬间会让我暴跳如雷。我冲过去，啥也没说，对准他的鼻子就是一拳。堂哥打不过我，他很瘦，瘦得像他爸赶鸭的竹竿。我打堂哥，其实不单单是因为他讽刺我，还因为他爸，我大伯。

我大伯，大名叫杨亚得，因为养鸭，村里人都叫他"鸭母得"。他跟堂哥一样，高高瘦瘦，像一条竹竿。走路耸着肩，肩膀高过耳朵。村里人说这种人很懒。但我大伯并不懒，甚至还很勤力。早上天蒙蒙亮就起来铲鸭屎，铲完还要给鸭圈垫干沙子，喂完鸭要到九点才能吃早饭。等堂哥放学回来，背上大半袋子玉米粒，父子俩一人一条竹竿，一左一右，出田垌放鸭。堂哥下午要回来上学，只有早晚帮大伯赶鸭，大伯却要在外面待一整天。

中午的田垌，人烟稀少而寂静，有时连鸟叫都没几声。就如刚演完一场大戏，突然锣鼓停息，在等待下一场戏的开始，这中间的等待是漫长而难熬的。慵懒的风吹得人昏昏欲睡，但大伯不能，他不能睡，他要保持清醒。因为他的身家财产都在这无边际的田垌里自由流动。一家人全年生活起居和迎来送往的费用，都得靠这群流动的母鸭每天产下来的蛋来换取。还有全村第一幢二层白色小洋楼和28英寸凤凰牌自行车，及现在全新的日产雅马哈摩托车都是靠眼前这群母鸭，靠一颗颗白乎乎的蛋累积攒出来的。眼前这群家伙可不少让人操心，它们在田垌里一垄田一垄田地过，水下的蛇和水蛭会伤害到它们；还有个别好奇心极强又不合群的家伙，总是东逛西逛，像醉酒的烂汉，分分钟就远离大部队，如果不能及时将它归队，晚上就成了别人锅里的菜肴；还有团伙"作案"的，它们总是三五成群，偷偷跨过一坝之隔的小海，然后来个"越洋"逃跑。所以大伯要打起十二分精神，为了对抗这跟屁虫般的睡意和寂寞，大伯选择唱歌，他自己编的歌及当地流传的民谣。

大伯编的歌总是紧跟当地时事，比如有一次我们村有人跟隔壁村人打架，他就编首歌仔唱——

山头狗仔汪汪吠

山北公仔担条槌

狗仔打我三脚板

我打狗仔三柴团（木棍）

周末或暑假，我们放牛总会沿着大伯放鸭的路线，几乎大伯的鸭群放到哪，我们就跟到哪，为的是能听到大伯编的歌仔和故事。有时大伯的故事也不是白听的，还要帮他赶鸭。没有办法，只能小伙伴几个轮流着赶，谁叫大伯口中讲出来的故事精彩又吸引人呢！

大伯还是一个赶时髦的人，你别看他平时在田垌里面朝泥土背朝天，无聊时只能唱一些土得掉渣的自编的歌仔。可他1987年就买了全村第一辆上海凤凰牌自行车，1990年建了二层白色小洋楼。听说他年轻时，也是扛过录音机，穿过喇叭裤，留过长头发的青年。说到自行车，在此又要多说几句。大伯的自行车平时很少有时间骑，偶尔去镇上办个事或卖鸭蛋时骑一下。每次回来，脚踏上有积泥，先用起子细细挑出，然后用湿布擦。湿布前前后后擦拭一遍之后，接着上车油。上完车油，转动脚踏板，停下来静静地听后轮转动发出的声音，听听哪里不顺畅，哪里有阻滞。没异样，抓一下车把的手刹，两只手，用力抓下又放开，反复两次。最后站起来，围着自行车前前后后转两圈，认真端详，好像在行什么礼似的。他的自行车不停放在地上，而是用条粗绳绑着车横杠吊到阁楼上放。二十世纪八九十年代，乡下人"谈婚"（相亲）总是要讲"三大件"。村里有年轻人去"谈婚"前，来向大伯借自行车。大伯不借，并说，自行车不借，要借，借个老婆你好过。

这时伯母在身旁总会翻着白眼。

二

我爸的性格跟大伯截然不同，他不赶时髦，甚至还有一点朴素，是一个典型的现实主义者。

我爸的大名叫杨亚艺。"得艺"两个字在我们当地俚语中就是"厉害""棒"的意思。我爷爷给他们取这两个字，就是希望有朝一日他们能出人头地，成为村中的领军人物。现在看来，他们没有让爷爷失望，大伯每做一件事几乎都引领了村中的潮流。我爸虽然比大伯逊色一点，但在村中也算得上佼佼者。我爸是一名"跑生鲜"的鱼贩，靠脚力挑着担子到隔壁的岭门、马踏两镇卖生鲜。夏天，他穿件背心，两边膀子光着，赤脚跑起来，担子一颠一颠，脚下生风而不知疲倦。附近的村民送他外号——"铁脚艺"。

我几兄妹就是靠他的鱼担子挑大的，家住的那幢二层红砖小洋楼也是那鱼担子挑出来的。生鲜讲究的是时效，我爸总能把当天渔民捕上来的东西，以最短的时间送往食客们的餐桌。我爸在当地很受欢迎。受欢迎到什么程度呢？如果哪天没见到"铁脚艺"来卖鱼，没有听到那尾音拖得长长的"卖鱼哦！"的叫卖声，总觉得当天缺少了点什么，接下来的一整天，心里都是空落落的，做什么都提不起劲儿。如果三天没吃到"铁脚艺"的生鲜鱼，走路脚都打起了摆子。

我爸只卖当天的海货，早出晚归。早上八点还不到，就挑着那竹筐担子，来海边等他的"老板船"（老板船就是由鱼贩免息借资给渔民购置渔船或渔具，条件是对渔民的海货有优先购买权）上岸。远远地，还没等渔船靠岸，爸就先站起来，拍拍屁股的泥沙，然后将一只手放在眼眉上，定定地望。直到确认是自己的"老板船"，就扭着他的大屁股赶上前去帮忙牵船。对船家的第一句话一般都是——"今天好咪无啦？"如果当天大丰收，船家一般笑而不语，如果收成不好，就臭着那张脸，依然是不回答。等船上了岸，停定，爸上船挑拣海货。"老板船"就是有一样好，船家所捕获的海货，要给鱼贩先挑，剩下的才可以对外销售。

等齐所有"老板船"都上岸，已是中午十一点多了。这时太阳当空，热辣得很。爸把所有的海货分类，放在不同的竹筛上，然后在每个竹筛面盖一层厚厚的碎冰，最后依次把竹筛叠放在竹筐里，挑起担子就"跑生鲜"了。爸无论跑隔壁的岭门镇还是马踏镇，都是当天去，当天回，从不卖隔夜鱼。如有遇到"烂市"，海货没有卖完，回来时就把所剩的全给了渡口的玉莲阿姨。

从我们村去隔壁镇，抄近路，要走一段水路。前面横跨着一条三十几米宽的河沟，河沟的水深且急，徒步是过不去的，要搭渡。以前没有专门的撑渡人，后来有一个女的，就是玉莲阿姨。她是岭门镇附近村子的。听说她男人瘫痪了，失去劳动力，只能靠她撑渡，赚取微薄的收入，来维持全家的生计。我爸每天都去岭门镇，听说过她家的境况，对她是同情又敬佩。除了每天付的过渡费，有时给点卖剩的海货，也是对这个不幸的家庭微薄的帮助。

时间久了，次数多了，总会有些风言风语传到我妈的耳朵。我们这边喜欢给人取花名，而且是毫无根据地，以人的名字来取一些带有歧义的花名。如果是男人，名字中带有"广"字，花名一定是"大只广"；如果是女的，名字中带有"英"字，花名一定是"残鸡英"。玉莲阿姨的名字中有"莲"字，大家都叫她——"姣婆莲"。吃醋是女人的天性，我妈也不例外，有好几次都是无端端地冲我爸发无名火。有一次，我爸被鱼脊刺扎到手指，断了一截在里面，晚上叫妈帮忙挑一下。我妈冷冷地丢下一句——我眼神不好，要挑找那"姣婆"给你挑！我爸似笑非笑，一脸无辜但又无可奈何。还有一次，我爸卖鱼回来，担子还没放下，我妈就抓起身边的木凳子扔到门口，指着我家的小黄就骂——你这狗东西，就是不顾家，别人家的就是一根骨头都往自家叼，你倒好，好咪（好东西）都给外路人了。

我爸不善言辞，很多时候都是沉默。

你说，我爸对玉莲阿姨除了同情，还有没有别的心思呢？我个人倾向于我爸只是心善，这有另一件事可以佐证——

20世纪80年代末90年代初，有段时间常有越南人乘船偷渡到我们村海边。几人甚至十几人乘坐那种用竹篾编成的小船，圆圆的，像一个澡盆，竹篾外头刷一层沥青，在海里随风随浪肆意漂流，漂到哪里能靠岸就在哪里驻扎。有一年，来了三十几人，在海边的沙滩上待了几天，没找到什么生计，就离开了。但开船时，那些老弱病残的不让上船，他们被抛弃了。有一天，我爸带了一个越南盲人回来，男的，四十来岁，穿件白衬衫，还算干净，胸前的口袋别了一支笔。我爸打算收留他，为他在当地找一个生计。我妈死活不同意，怕他会报仇之类的。我爸被说得也没了主意，最后还是决定把他送走。吃过晚饭，天慢慢黑了，爸和我领着那个越南盲人，走到村外那条能直通镇上的公路。爸从口袋里掏出一沓票子，然后说了几句我听不懂的话，那个盲人立马跪下来给我爸磕头。我爸趁机拽着我快步离开，边走边说："快走！快走！实在受不了这种场面，唉！"

我问爸："刚才你说的那几句是什么话来的？"

"沙琅话！"爸似乎有点得意。

三

我爸和大伯表面上看起来是手足情深，各方面都相互撑扶着，但各自的内心都在暗暗地较着劲，生怕被对方比下去。

1987年大伯买了全村第一辆上海凤凰牌自行车。没多久，我爸也买了一辆上海永久牌自行车。为了学骑车，我爸受了老多罪。初学，在车尾架上横绑着一条扁担，我和哥在两旁一左一右用手扶着。爸上车，往前蹬，车头一摆，车身一斜，我们在后面就帮他扶正，维持平衡。有一次，我爸感觉有点上手了，就大胆猛力往前蹬。我和哥在后头速度跟不上，便放了手。爸蹬了一段距离，感觉不太对劲，就掉头往回看。谁知车头一摆，就冲进路边的荆棘丛里，屁股扎了很多刺，我妈帮挑了好几天。还有一个问题，因为长年赤脚挑担走路惯了，骑车也只能赤着脚。如果穿上鞋，都不知先蹬哪只脚，蹬两下，感觉鞋要掉了，低头看，车头一晃，又摔一跤。后来，我爸自行车是学会了，但只能把鞋脱了挂在车头上，赤着脚踩。到了目的地，再把鞋穿上正常走路，去外公家也不例外。1990年大伯家建了二层白色小洋楼。没多久，我爸也把自家的泥坯矮房扒了，建了幢二层红砖小洋楼。后来我爸买了台黑白电视机，大伯置办了山水音激光音响。他们总是这样较劲着，比来比去，谁也不甘落后于谁。

时间来到了1992年。

有一天傍晚，大伯家门口燃放了一串鞭炮，还未等燃烧的硝烟散去，又被人群围得水泄不通了。出于好奇，我第一时间冲过去探个究竟。扒开层层人墙，人缝里看到大伯侧身靠在一辆摩托车上。他身穿黑色皮衣，戴着墨镜，好像电视里的美国西部牛仔。他在车上变换着姿势，好像现如今的车模。我渐渐看清了那台摩托车，朱红色的油箱，锃亮的车尾架，整台车的线条凹凸有致，两个车把各垂着一条尼龙绳子做的五彩花穗子。大伯笑不拢嘴，好像年轻了十岁。这时，人群中有人发话："得哥，还是你有本事，日本货都能弄回来，改天也弄个日本妞回来试试。"一阵哄笑！又有人问："进口货，要好多钱吗？"大伯没有接话，只是伸出一个手掌。这时大伯在人群中发现了我，说："回去叫你爸过来喝酒，大伯买了新车，庆祝庆祝！"

回去把话带给我爸。

"去个屁！"

爸坐在一张矮凳子上，神情沮丧。

接下来的一段时间，爸做什么事情都好像提不起兴致，整天闷闷不乐。而那阵子，我妈却很活跃，整天都往大伯家跑，回来总是说着大伯家摩托车的各种新奇和威水。如大伯家摩托车油箱的烤漆光滑得都可以当镜子；声音小得连蚊子飞过都能听得见。我妈似乎看透了爸的心思。一天傍晚，爸卖鱼回来，刚把鱼担子放下，我妈就笑盈盈地跟爸说："他爸，要不我们也买台摩托车吧？"

爸没好气地回了句："你有钱吗？"

"你别理，我自有办法。"

为了这事，妈还特意回了趟娘家。按外公的话讲："为了女儿的幸福，必须砸锅卖铁。"

东拼西凑，筹了两千多块钱。离全新的日产雅马哈摩托车还差得远呢，就连国产的幸福牌摩托车全新的都要三千多元。无奈，最终买了台二手幸福牌摩托车。品相、性能都不错，唯一的缺点就是声音太大，两公里开外，人们都知道"铁脚艺"的"坦克"要过来了。

此后，我爸的摩托车在学校成了同学们的笑料。为此，我极为烦恼，曾怨恨过我妈，认为我妈自私，怂恿爸买摩托车全是为了她自己。我还怪罪大伯，认为我爸之所以买了这台"坦克"似的摩托车，全是因为大伯的挑唆。为此，我把气都撒在堂哥的身上，谁叫他惹我，我爸的摩托车就是老虎的尾巴，碰不得。

真希望这台"坦克"摩托车有一天能凭空消失，永远地给我消失。

"明仔，跟爸来卖鱼，好不好玩？"

"好玩！"

"中午的马踏鸭粥好不好吃？"

"好吃！不过，白切鸭能加点沙姜就绝了。"

"哈哈哈！你个为食猫。"

"今晚，我们搭渡回去好不好啊？"

"你不开摩托车了吗？"

"不开了，你不是不喜欢我开摩托车吗？"

我和爸来到一个渡口，撑渡的是一个三十来岁的女人。见到我爸，脸颊泛起绯红。"好久不见！"斜低着头，短发遮住红扑扑的半张脸。

爸"嗯"了一声，把摩托车推上了船。

这时，夕阳西下，染红了大半边天，像撑渡女人的脸。迎着河沟，吹来习习凉风，爸闭着眼睛。"啊！真舒服啊！"

突然船一晃，摩托车倒向船的一边，承重的一边进水了，另一边翘了起来。

船要翻了。

我被卷进一个漩涡里，嘴里喊不出话来，只听见一个声音："明仔，明仔……"

"明仔，明仔，放学了。"原来在做梦。

下午最后一节课，老师去开会了，让同学们自习。我正为摩托车的事苦恼，窗外吹来阵阵的凉风，迷迷糊糊就给睡着了。——奇怪，我爸的摩托车坦克般的声音都没能把我吵醒？我睡得真够沉的哈！

回到家，大门紧闭，也没见妈在煮饭，冷锅冷灶的。这时，大伯过来了，说我爸出车祸了，爸妈都在医院。

到了病房，妈坐在一木凳上，双手撑着膝盖，身体稍微往前倾，脸上没什么表情，眼睛噙着泪水，明显刚哭过。反观我爸，一脸轻松，像没事人似的，右脚打着石膏，悬挂在支架上。说起车祸现场，也是轻描淡写。他说摩托车冲进路边的一户人家，一共穿过五道门。那家主人说，如果你还能一口气穿过五道门出去，损坏的东西就不用你赔了。我爸说完，哈哈大笑。妈在一旁说："笑！笑！笑！就知道笑，我怕你那脚以后有影响啊！"

<h1 style="text-align:center">四</h1>

不久，我爸出院了。走路，有点跛脚。

从此，村人把我爸的外号从"铁脚艺"改成了"跛脚艺"。

火　生

　　农历腊月二十九，本是寒风凛冽的时节，但南方天气总是反常，天空并没阴晦，还能算得上阳光明媚。我开着新买的五菱小货车，带着妻子和两岁半的儿子回到相隔六百余里，别了八年之久的故乡过年。

　　傍晚，当我回到村口，母亲早就迎了出来。远远就看见母亲依稀的身影，步履蹒跚，感觉母亲苍老了许多。走近，摇低车窗，母亲伸手要抱她两岁半的孙子。我们边走边聊，回到巷口，母亲说，由于林伯前年新起了围墙，车子开不进去。我说，那刚好，可以停在巷口火生家旁边的小空地上。母亲突然脸有难色，眼神恍惚，坚决不同意我把小货车停在火生家旁边。我说，没事的，火生是我兄弟，刚好明天可以过来看他。天色渐晚，母亲最终拗不过我的一再坚持，也没再说什么，我们拿好行李一起往家里奔。

　　火生是我的发小，听说他出生时，五行缺火，所以家里人给他起名叫火生。我们从小玩到大，小时候一起放牛，一起上的小学和初中，小学时还当过两年同桌。只可惜，初中时他跟班里的班花谈恋爱，渐渐地无心向学，初中没毕业，他们俩就双双辍学了。后来听说班花傍了大款，把火生给甩了，那时火生还郁闷了好一阵子。近十年不见，也不知那家伙，现在混得怎么样？我打算明天去看看他。

　　第二天一早，打算先去市场买菜，吃过早饭再去看火生。像往常一样，开车门，插钥匙打火，可拧了半天，车子一点反应都没有。赶忙下来围着车子转了一圈，没发现什么异常。然后又打了一通电话请教朋友，朋友说，你看看车子的电池是不是没电了？我把车头盖一掀，好家伙，车子的电池被盗了。无奈，只好用手指提着车钥匙，往家里走。刚回到家门口，妻子问我："你不是要去市场买菜吗？怎么又回来啦？"

　　"嘿！甭提了，车子的电池昨晚被偷了。"

　　这时候母亲刚好从灶间出来，听到我与妻子的对话，先是白了我一眼，没好气地说："昨晚我都说过啦！叫你不要把车停在那'白粉仔'的家旁边，你就是不听。"

　　"什么？'白粉仔'？谁是'白粉仔'？"我惊讶道。

　　"还有谁？还不是你那好兄弟——火生咯！"

　　我差点没一屁股坐在地上。什么？火生是"白粉仔"，什么时候的事？我简直不敢相信自己的耳朵。

　　"已经吸白粉好几年啦！前些年还被抓去戒毒所猫了两

年，出来后，还不是照样吸？没钱吸白粉就去偷，林伯家都被偷怕了，才建了围墙，唉！累人累物啊！"母亲补充道。

"那……怎么以前没听你说过这事？"

"又不是什么好事，这种人还是少近为妙。"

没想到，几年不见，从小一起长大的好兄弟，竟然发生了如此大的变化。惊讶之余，还有一点点失望。那还要不要去见火生呢？要，当然要，就算不是为了车电池的事，哪怕是平时的聚旧也是要去的。我甚至希望车电池不是火生偷的，只是母亲的一次误会。

吃过早饭，我提了一梳香蕉去看火生。刚拐进院子，看见一女人在淘米煮饭。我问："火生在家吗？""还在里屋睡呢！"那女人头也没抬地回了我一句。

我进了里屋，屋子昏暗，没有开灯。借着微弱的光线，还能看到空旷的屋子有几张红胶凳，凳上凌乱地搭着一堆小孩子换洗的衣服。火生半靠着墙瘫在床上，嘴巴两旁的脸颊深凹，脸色蜡黄，没有一丝血色；比夜色更黑的眼眶下，一对一闪一闪的眼珠在定定盯着我，好像是这屋里唯一的光源。

我们都互相愣了一下，最终还是他先开的口："回来啦？"

"嗯！回来过年，过来看你。"我答。

"看我？这么多年，我看你早就把我给忘了，也难怪，我们已不再是同一个世界的人啦！"气氛有些紧张。

……

一阵沉默过后，我们又聊起了他与班花的事。

"操他妈的！哥子被她害惨了，当初哥子为了她，书也不读了，后来她反而嫌我没出息，跟别人跑了。你说，女人真是没有一个好东西。"火生愤愤道。

"被她甩了之后，那时，我觉得天都要塌了，那些日子，心情跌到极点，整天都是喝酒泡吧，我想醉啊！因为我一醒来，就会想到她，我觉得我真他妈的失败，连一个女人都留不住。我也想去奋发图强啊！可是去找工作，人家不要啊！学历低啊！初中毕业证都没混到，你说我是不是废人一个？后来……后来就这样了，自从，自从我沾上这个以后，以前的亲戚朋友，见我就像见到瘟神一样，都绕着我走。人，真他妈的现实啊……"火生滔滔不绝地向我倒着苦水。

后来，我又说起我的车子，说起昨晚在他家旁边停着，被人把电池给偷了，他嘴角一弯，浅笑了一下："咳！你现在都是大老板了，几年都不回，偶尔回来一次，一个电池算什么？就算是为家乡的经济做点贡献嘛！"看他的样子，还颇为得意。

……

又是一阵沉默，我起身告辞了。

正当我要走出院门时，火生家的女人叫住我："大哥，对不住了，我是火生的老婆，叫小琴。昨夜火生确实是出去了，你的车电池应该是他偷的，但他藏在哪，我也不知道。但大哥你别急，我慢慢劝他，劝他还给你，也请大哥不要怪火生，他也是因为昨天儿子的奶粉没了，家里的钱实在是被他吸干吸净了，没多余的钱，才会想到去……"

大年初一，火生的妻子叫我去她家取车电池。

我提着两罐奶粉，火生没在家，只见我的车电池摆在拼着的红胶凳上。我问："火生这么早就出去了？"小琴说："火生去戒毒所戒毒了。"

"什么时候的事？"

"今天早上天没亮，人就走了，他没脸见你，所以托我把车电池还你。"

"昨晚启明星社区戒毒服务驿站的邓站长来过。"小琴顿了顿，接着说："邓站长和他聊到了深夜，以前社工家访，火生都有意隐瞒，他的事，我也不敢多说。这一回他应该是被邓站长说通了，所以答应邓站长去戒毒。"

"那干吗不等过了年再去呢？"

"不了，火生说，新年初一，辞旧迎新，就要重新开始，重新做人嘛！"

这一次，看来火生真是下定决心了。

启明星，黎明前最明亮的那颗星，我希望它能指引火生穿过黑夜走向光明。

火生，这一次，我真希望他能浴火重生。

第五辑

读书如行旅

理想的读者

在朋友圈发夜读书摘一段时间后，有书友跟我说，他其实也挺爱读书的，但现在书太多，常常不知道自己该读什么书为好。

记得白岩松说过："人找书是很难的，但是书找书是容易的，越读书越知道该读什么书。"对于这句话，我有过类似的经验。前段时间，在蔡颖卿的一篇文章里看到：每次做书本导读或演讲时，总会有人问她，父亲在教育中该扮演什么样的角色？她的回答是，父母是教育力量的合体，父亲的责任不需要通过别人的经验证明它的重要。爱是本能，是每一个家庭原本就在书写的生活故事。教育与关怀对每一个年代的中国父亲来说，都不是陌生的课题。并举例了一百多年前的中国父亲——梁启超先生。梁家的教育精神，在他给九个孩子的书信片段中就能热切地感受到。一位父亲可以在豁达与严肃之间同时表达生活的细腻与温柔，他们的亲子之爱、手足之爱值得我们学习。因此我找来了

《梁启超家书》，聆听这位百年前中国父亲与子女的对话。爱是时间的礼物，爱也需要学习跟努力。

书友阿斌得知我在阅读《梁启超家书》，说也要跟我一起读。谁知读了前面几页，感觉有点费劲，读得不太懂。每一个国家民族都留下好多遗产给后代，但是后代也得具备资格才能继承这些遗产，阅读的能力就是资格之一。中国文化库存里堆积的东西太多了，几千年来的文化都借着古文保留着。至于接受白话文学教育的人们看不懂古文，当然就打不开这个仓库。这不禁让我想起朱自清先生的主张：作为一个有相当教育的国民，至少对于本国经典也有接触的义务。"义务"这两个字，是我阅读书籍的动力之一。

我坚持夜读，每天睡前读几页，有些书要好几个月才能读完。因此，有些书友就有疑问：这样读书，一本书读到最后，前面的估计都忘了。说得没错，确实有这种可能，但又有什么所谓呢？忘了就再读一遍好了，谁能保证，一口气读完的书就永不忘记呢？书对我来说，是慈爱宽仁的长辈，是不断让我看到自己偏狭的镜子，以及软弱时能仰望刚强性格之美的朋友。很多时候，阅读的当下，并没有感觉有太多的收获，但却在以后的生活中以不自知的状态，或无法预想的方式出一臂之力，抚慰我们四处张望的无助，让我们有方法可寻。我2019年11月开始读黄金明的《田野的黄昏》，一本不到三百页的小册子，现在还有几十页没读完。当初选择这本书，是因为作者的故乡茂名化州与我的家乡很近，拉直距离不到一百公里。书中记录的很多事物，我都很熟悉。但作者的写作能量密度太大，每次都要静下心来细细品读。常常读不到十页就会觉得体力不支，总要停下来歇一歇。阅读他的文字，感觉每一段都好像在爬坡，吃力无比。正如作者在后记所写：每个作家都有他理想的读者。理想读者有让人敬畏的水准，属于那"无限的少数人"。很多时候我也疑惑，为何要花那么多时间和精力来阅读一些让人觉得晦涩的文字。直到前几天，我写《五月纪事》时，在写的过程中，有一种行云流水的感觉，有些句子竟然还有几分黄金明的味道。这可真是无意间"开出花来，吓我一跳"。

最后，真心希望能把每一本书所曾给我的光照，透过脚踏实地的行动变成真正的温暖与关怀。让书不只是纸页与文字，而是我们活生生的现实。

等茶读书岁月轻

闲情"疫"致。

居家三十余日，每天除了给家人煮饭、煲汤、陪孩子，剩下的时间也学人"雅"了一把。喝喝茶，读读书，一天很快就过去了，有时连午睡的时间都没有。

受文友影响，从其分享的藏书中，挑了五册，放家里，闲时翻几页。

五册书，分两批下单。先收到的有：《等茶》（夏炜著）、《浮生六记》（沈复著，张佳玮译）、《雨天的书》（周作人著）。第二批：《砆痕探骊》（韦力著）、《清明家风》（董桥著）。这两册书为海豚出版社出版，布纹封皮，装帧精美，色调素雅，收藏自阅两相宜。四册为散文随笔集，《砆痕探骊》为作者韦力的读印录。从《飞鸿堂印谱》里选了百余方印文，并在每方印文后附上作者独特的见解和感想。

董桥先生说："我是乱读书，一辈子都这样。大家捧的书我起先都找来读，好看的不多，虚名多。静静躺在角落里的书反倒迷人，都是老书旧书，我于是学会逛旧书店，学会读人家不读的书。当然没读出什么大学问。小学问倒有，小高兴也不少，像寂静的街角忽然闪过一袭丽人，一盏灯那么亮。"董先生的文字是我的理想，读时不经意，读后能记住，回想还有味。

一天，读董先生的《在春风里》。两次掩卷开怀哈哈大笑，颇引来妻儿的侧目。一处：冯至引过一句瑞典诗人的诗"生于波登湖畔，死于肚子痛"；另一处：当年法国作家协会为了纪念巴尔扎克，请罗丹雕像，罗丹雕了，作家协会一看，马上悔约，理由是雕得太难看了，不能接受。

很久没这么肆无忌惮地开怀大笑了。

年初，重读汪曾祺的《岁朝清供》。"隆冬风厉，百卉凋残，晴窗坐对，眼目增明，是岁朝乐事。"近于白描的句子，没有任何修饰词语，精练，却不失画面感。如此深厚的文字功底，也只有汪曾祺才能做到。

这几年读汪先生的文字较多，文字平淡、本味，如吃菜，清汤寡水，多了，难免会想换换口味，停了段时日。近日宅家中，睡了吃，吃了睡，为打发这突然多出来的大段时间，泡杯茶，读二页书，静坐，一日当二日。再读汪曾祺的文字，有如刚过的年，大鱼大肉吃多了，冲一杯清茶解解腻，也是很好的。

夜读周国平的《爱与孤独》，坚持了115天。有书友问我："每天看的什么书？感觉永远读不完一样。"答之："每日闲读不停歇，风吹哪页读哪页。"

夜读《爱与孤独》，已有不下10人私聊过，询问的无非都是一些关于情感的话题。以前从不觉得恋爱是一件多么特别的事情，如今有这么多人问我，顿感惊讶！

种菊心相似，尝茶味不同。我猜想，很多人一开始都是怀着某个美好的愿望去做某一件事的吧！只不过，很多事就如喝茶一样，同一款茶，不同的人，喝出不同的味道罢了。

等茶读书炼人生，茶香岁月轻。

美好的遇见

整个3月，我只是完整地读了一本书。

知行读书会组织的千人同读，3月6日开始，3月20日结营。整本《高效能人士的七个习惯》粗略读了一遍，用时15天。

15天阅读，请假两天。一、有一章节刚好能列举我曾与朋友合作的例子，但为了尊重个人隐私，不便详述，请假不表。二、后记，因为我读的是"钻石版本"没有后记，不能胡编乱造。

13天有内容打卡，4次被评为优秀内容，吸粉7人，累计点赞位列第五，倍感荣幸。

为何要参加千人同读？一、同读有仪式感；二、正好有书友请教如何读书，为便于交流，唯有躬身入局。正如喝茶，如果茶叶都浮在水面上，茶水是没有滋味的，只有当茶叶沉入了杯底，才能品到茶的清芳。

有些东西，要沉浸其中，才能尽尝其味。

同读的过程中，打卡内容尽量从自身出发，列举亲身经历的例子及有限的文化积累，去解读文中内容，只为能让其他同读者，稍微有所辅助。

当读到书里一些原则时，我也会反省自己三十几年的人生及十几年的职业生涯。也会自叹，"如果能早一点读到此书就好了"。但这世上从来就没有"如果"，自不必哀叹，就算再给你一次机会，结果也未必比之前那一次好得了多少。

原则是原则，现实是现实，人生所有走过的路，都是必经之路。

结营后，还有书友问：如何理解"双赢思维"。结合自身的经历举了几个例子，其中就提到"知行读书会"，具体如下：

知行读书会：知识输出者（学霸），组织者（会长），知识接收者（粉丝）。如果学霸每次的输出都得不到回报或变现，久而久之，他迫于生活的压力或别的诱惑，就会转投于别的社群平台了。会长，为了组织社群活动，付出了很多时间精力，影响了自己的主业经营，又得不到认可和收益，迫于生存的压力或家庭的压力，只好放弃运营这个社群，回去乖乖经营自己的主业了。这时候受损最大的会是谁呢？是粉丝。粉丝们从此就失去了一个可以信赖的，持续有学霸们知识输出的高质量社群。所以必要的时候，社群需要共建，需要粉丝的买单，支持和参与。因为粉丝的买单，组织者才有更多的资本召集更多更好的学霸，粉丝才能持续、长久地得到自己想要的知识，这就是共赢。

以上只是个人的浅薄见解，不喜勿喷。几年前我在《"双11"愿望》里也写过一段话：好的商品就应该有相匹配的价格，这既是对商品提供者的尊重与犒劳，也是对自我品位的一次认可；有了好的价格才能有好的利润，有了好的利润才可能有好的研发，有好的研发，才可能有更好的商品。难道就为了所谓的低价而去购买连质量都不能保证的商品吗？消费者应该愿意为设计买单，为技术买单，为商品提供者的每一份用心服务买单。

《高效能人士的七个习惯》里所说的"效能"其实就是可持续发展，可持续发展最重要的支撑行为就是"双赢"。

清明返城的途中，收到书友的留言："兄弟，给个地址，家里明前茶下来一小点，给你邮点尝尝鲜。"这或许就是书友理解的"双赢"。

感谢一切美好的遇见。

饮食也是文化

自去年写了几篇关于吃食的文章，书友们都纷纷把我当成"美食家"了。

前不久，书友给我安利了《吃主儿》，并附上推荐语："作者是王世襄的儿子（其实只写这一句就够了）。书中解答了无数个美食家才会提出的问题，比如胖青椒和瘦青椒哪个更适合做青椒氽面？为什么最上品的羊里脊不适合做涮羊肉？整本书都在写食物，文字朴实，没有某些美食节目所谓的'时间的馈赠''甜蜜的缥缈'等虚头巴脑、言之无物的辞藻。有的只是每日的买菜选料、准备工作、烹调手法、菜品罗列及其中趣意的描写。"

次日，用手机在图书馆的网页上查找。

疫情防控期间，为避免人员聚集，图书馆实行闭馆。为不影响市民阅读，图书馆推出了"知书达里"的新服务。只要在图书馆的网站下单借阅，可以通过快递送书到家，还赠送了物流优惠券。选了三本书，隔天就收到了。在此，要特别表扬佛山市图书馆，市图书馆的服务是我这几十年来，接受过的最好的公共服务，没有之一，在此也不接受任何反驳。

什么样的人才算"吃主儿"呢？当今社会，人们把精于品尝美味佳肴的人称为"美食家"。美食家们对饮食文化体会入微，见多识广，对各地的名厨名馆了如指掌，对美味佳肴品评得头头是道，还具有深厚的文化底蕴，对于名馔的由来及历史渊源，能够引经据典加以考证，显示出深邃的内涵。那"美食家"就是"吃主儿"吗？作者认为"并不尽然"。他认为"吃主儿"必须具备三点——会买、会做、会吃，缺一不可。而美食家只是精于品尝美味佳肴，只会动口不会动手，不能属于"吃主儿"之列。至于何为"会买、会做、会吃"？书中也有详细记述，在此不做摘录，有兴趣，可自个去找书阅读。

承蒙书友真小实的厚爱，我被拉进了她新组建的美食群。真小实是一实在人，单看她的昵称——"真小实"，回应的不正是"假大空"吗？

群里的成员不多，三五十人，都是群主相熟识的一群热爱美食的朋友。来自五湖四海，年龄跨度也挺大，有还没成家的小青年，也有退了休的人民教师。既然是美食群，每天交流得最多的，当然也就是烹饪的技艺和经验了。每日三餐都有定时的美食图片分享，一道道形与器与味相结合的菜肴，让人眼花缭乱，垂涎三尺！

　　我认为群里就有很多标准的"吃主儿"。比如来自郑州的虹姐，不单会买，还会种（自己种蔬菜瓜果），她的饮食宗旨就是"不时不食"，不符合节气的食物不吃；还有厦门的静静，由于地理优势，她对海鲜的品种非常熟悉，甚至连价格都了然于心；及惠州的风雨玫瑰（网名），因为女儿特别喜欢吃凤尾虾，每餐都要花一个多小时来处理食材。锅灶饮食在人类生活的进程中，始终是一个家庭的中心，汇集的更是人与人之间的情感。一道道精致的菜肴，不单是美食的表面，更代表着一个家庭的生活全貌。饮食经验是承接爱与付出最直接的途径，美食可以装填很多爱意与灵感，它承载了用心的生活和对亲人的真心实意。

　　许多曾经苦苦追求的所谓幸福，其实不在过去和未来，只在眼下的盘中餐和身边人。只可惜，这么浅显的道理，却难倒了芸芸众生。

　　饮食也是一种文化，值得细细品读。

少点功利读闲书

前些日子，在一微信群有人发了一篇文章，内容暂且不评论，单看题目就能让你惊出一身冷汗——《不带功利性的阅读正在毁了你》。我就好奇，这位作者究竟在生活中经历了怎样的不堪，才会有如此沉重的感悟？一个人，如果在阅读中，精神都得不到慰藉，内心都得不到宁静，那生活又何尝得到过安宁？

五月初，重读鲁迅。在《呐喊》的自序里有这样一句话："凡是愚弱的国民，即使体格如何健全，如何茁壮，也只能做毫无意义的示众的材料和看客，病死多少是不必以为不幸的。所以我们的第一要著，是在改变他们的精神，而善于改变精神的是，我那时以为当然要推文艺，于是想提倡文艺运动了。"好的文学作品能润泽心灵，慰藉灵魂；能给人力量，能让人愉悦。在鲁迅先生的作品处处能读到怜悯之心和对未来的希望。

新俗语有说："买书如山倒，读书如抽丝。"自从发现了

月光与糖霜

一个卖二手书的平台，真是一买不可收，买起书来排山倒海，以前买书总是"细思量"，现在买书就是"真土豪"。因为真便宜啊！买两本送三本，四十元还包邮。因此把以前没读过的作者（如被奉为女神级的王安忆、三毛、张爱玲）的书都买了个遍。书买多了，有时会有"后遗症"，书桌旁的小书架都塞得满满，还动用了暂时闲置的鞋架。唯一能感到小小安慰的就是，不会像家乡文友那样因为买书而遭到家人的反对。与他们聊天，他们总会向我大倒苦水，说每次买书寄来的包裹，都要像做贼一样，晚上偷偷地去快递站点领取，包裹就在家附近的公园开了包，然后看一阵书，等家人不注意，才偷偷溜回家，怕妻子发现会像念经一样地数落（文友原话）。与他们相比，我确实幸运许多。有一次，在图书馆借了一本汪曾祺的《此间风雅》。捧起来就舍不得放下，无奈于借阅，不能涂也不能画，读到妙句佳章，只能用笔记本逐字逐句地抄。妻子见了，就说："花那么多时间去抄，不如自己买一本。"我当时没说话，过几天却收到一套汪曾祺的书籍。我问妻子："你不是说只买一本吗？怎么买了一整套？"妻子答："既然你那么喜欢汪曾祺，而且买一套还有优惠，就干脆买一套好了。"我又问："你不觉得我买书很浪费钱吗？"妻子说："喜欢看书总比喜欢喝酒、抽烟、赌博好吧？"我无言以对。

提到张爱玲，就顺便说一说胡兰成吧！我十几年前，刚出社会，那时《今生今世》特别火，就买了一本。可惜，后来数次翻开阅读，都宛如读天书，根本就读不下去。之后几次搬家，兜兜转转也没有把它丢失。暑假读了一本张爱玲的小说，觉得意犹未尽，翻箱倒柜找出纸张已泛黄的《今生今世》。读了几页，越读越觉有味道，受得起腰封的推介语"从林语堂、梁实秋、钱钟书、余秋雨，才子散文，胡兰成堪称翘楚"。其中有一段写童年时候听到的横笛的文字最为喜爱——"这时有人吹横笛，直吹得溪山月色与屋瓦变成笛声，而笛声亦即是溪山月色屋瓦，那嘹亮悠扬，把一切都打开了，不是思心徘徊，而是天上地下，星辰人物皆正经起来，本色起来了，而天下世界古往今来，就如同'银汉无声转玉盘'，没有生死成毁，亦没有英雄圣贤，此时若有恩爱夫妻，亦只能相敬如宾。"这般富足而坦然的性情，不经历几番沧桑又如何会风清月明。对美好的文字，阅历过浅的人阅读是种浪费，抛开作者的情感态度和政治立场，他的文字是有大美的。你可以不喜欢这个人，但也不能因人废文。

少点功利读闲书，岁月蹉跎，给自己的精神生活留一小块"自留地"吧！

四月，读书也读花

　　这两年，进入四月，夏始春余，在阅读上，对小说总有一种渴望。这渴望相当于炎炎夏日于冷饮，数九隆冬于火锅。

　　去年读了格非的《望春风》、钱钟书的《围城》，今年只读了徐则臣的短篇小说集《如果大雪封门》，还未及一半。徐则臣确实是一个讲故事的能手，语言轻快，故事淡淡的，讲的就好像一些生活片段，不太像以往读过的一些小说，倒像电影，留白较多，个别故事读后还意犹未尽。在网上搜了一圈，看还有无其他的解读，结果却毫无所获。最后又翻出汪曾祺谈小说创作的三篇读书笔记，似乎能找到点解释——"一般小说太像个小说了，因而不十分是一个小说。标准的短篇小说不是理想的短篇小说。短篇小说的作者是假设他的读者都是短篇小说家的。"（《短篇小说的本质》）"语言本身是艺术，不只是工具。""小说的结构的特点是：随便。"（《小说笔谈》）或许科伦·麦凯恩的观点更能够说明，"永远别忘了，故事远在你动笔前就已开始，在你收尾后很久才会结束。让你的读者从故事的最后一句话中出发走进他自己的想象"。请读者与作者并排着起坐行走，一起完成一篇小说，这或许就是徐则臣真正的写作意图。

四月夜读的书籍是孙瑞雪的《爱和自由》，在此要特别说一下我读这本书的因缘与理由。去年冬天，在朋友圈看到书友李秀明发了一张孙瑞雪的《完整的成长》的阅读截图，当时书页里有一句话打动了我，感同身受。过了几个月，依然念念不忘。后来在网上找了孙瑞雪的书，买了三本。粗略地读了一下，选择先读《爱和自由》。为什么要夜读并分享？让我最有感触的就是——《爱和自由》最早出版的时间是2004年，而我在此之前从未听说过孙瑞雪这个人，当我读到这本书的时候，我儿子已经快八岁了。常常在朋友圈里看到有些为人父母的朋友，午夜梦醒时，总是忏悔。当初孩子甚小时，忙于工作，没有时间好好教育孩子，在养育的过程中，犯了不少错误，觉得对不起子女。如今懂得，想弥补，可惜孩子业已长大。有些事和物，一旦错过了，已不可能再重来。因此决定，夜读《爱和自由》并分享，希望尽自己的一份微薄之力，让有缘人能与它相遇。

每年清明，我会挑着装有三牲酒馔、香烛纸钱的盒担穿过一片名叫赤坎坡的荒地，来到一个叫赤坎头的土墩，拜祭我的爷爷。矮矮一个土堆，长满了荒草。小时候跟着父亲和大伯他们来上坟，他们指着这个矮矮的土堆对我们说，这是你爷爷的坟。我对于爷爷是没有记忆的，因为在我父亲很小时，他已不在人世，而我却从来都没怀疑过这个土堆的真实性。后来父亲和大伯也退出了，现在每年清明到赤坎头上坟的盒担就落在了我的肩上。

时代在前进，家乡要发展。这两年听说赤坎坡已被外来企业征收了，不久就会进行交割。不久的将来，赤坎坡将会被重新划分，每条路都会被安上新的名字，这一块童年时的乐园，将会在儿童的记忆中彻底被移除。拜祭完爷爷，收拾完担子时，迟迟不愿离开，掏出手机拍了一张照片。在土墩边采了一束野花，发了朋友圈，配文：这条熟悉的路，不知道还能走多久？这遍山的野花，不知道是否还能自由地开放？

每年四月，我会重读胡兰成的《胡村月令》，鲁迅的《故乡》《社戏》《祝福》，总会想起孩童时的种种，想起一些人，一些事。有人说，读书如访友，但有时，读书又不能完全替代访友。有些人，一松手，就天涯两端。我们总是在深夜里，将一个名字轻轻忆起，又轻轻地，把它抹去。

四月的蔷薇、月季、白兰、合欢，还有橘子，以及这一树一树的青杏红李，绯红、浅粉、明黄、绢白、梦幻紫，无数色系，闪烁于溪水一般流动的叶丛，仿佛波光粼粼。四月的熏风吹过来吹过去，那些高贵的异质花朵，静穆而又灵动。立一树下，入定般站一两分钟，眼前羽叶红花，微风轻拂，是这一树花教会了我们，感受天地律动……

四月，不单适合读书，也适合读花。

《拉网老渔夫》及后记

拉网老渔夫

一位老老的渔夫

像一条搁浅的小船

卷曲着，摊在岸边

枯瘦的肩骨，高高耸起

像两根围边脱落的坤甸木

亚热带的风吹皱了他的皮肤

头发如卷起的浪花，苍白苍白

他选择早睡早起早出早归

他选择面朝大海，一路往后退

试图退回壮年，少年，甚至娘胎

他想起开渔节那千船竞发的壮阔
他想起鱼虾满舱时花朵般的笑容
他把名字写在水上，如一尾鱼儿
他把名字写在云里，像一只海鸟

如今，他老了
船橹摇不动了
站在甲板的脚步也不稳了
他选择面朝大海，用一根绳子
牵着海，一步一步往后退
留下一串深浅不一且缤纷的脚印
一个人可以被毁灭
但不能被打败，包括岁月
他用守望，守住了心中这片海
这海水如娘胎里的羊水
他记得，记得
永远地记得

　　很多时候都想把这首诗独自推送一次，因为它承载着我特殊的情感。选哪一天呢？那就六月的第三个星期天吧！似乎没有比这天更合适的了。

　　这首诗记录了父亲晚年的生活，描写的是家乡的一种劳动情景。因为地域的特殊性，或许很多人并未能读懂，但也无所谓了，诗歌本来就是写给灵魂相通的人看的。能读懂的就读，读不懂的只因缘浅。

父亲离开我们已十三个年头了，我决定把"你"归还于"他"了（原诗为你，现改为他）。

情怀和面包哪个贵

　　余华的《在细雨中呼喊》里有一句话——"回首往事或者怀念故乡，其实只是在现实里不知所措以后的故作镇静，即使有某种感情伴随着出现，也不过是装饰而已。"这句话虽然与小说中主人翁所在的家庭地位及故乡遭遇密切相关，但我更为认同盛慧在《外婆家》里对故乡的态度——"故乡是矛盾的结合体，它既小也大。小时候以之为大的房子、院子、树林、池塘乃至整个故乡，随着人的渐渐长大，皆会逐渐变小。见识过大千世界之后转身回望故乡，故乡只是版图里的一个点，小得可以忽略不计。然而，当提笔书写故乡、故人、故事时，情感越发真挚，笔触越发深邃时，故乡又大到可以等同于整个世界。故乡是成长的根据地，走得越远，越显示出它的独一无二，再寻常的故事与再普通的故人皆无可替代。"

　　读盛慧的文字，如喝了一碗来自故乡的糯米糖粥，软糯绵绵，入口即化，甜丝丝又令人全身暖洋洋。小说化的散文写作，用词极为准确，想必作者一定是经过反复锤炼。看似细小的生活琐事，经作者纵深式的挖掘，写得细致又深刻。有时读到一本好书，就好像小时候吃灯光鱿鱼。开始时，一整盘，一口一只。慢慢地，鱿鱼渐少了，就越发珍惜。到后来只剩最后一只，就先拿在手上，端详一番，然后顺着鱿鱼须一条一条地咬；把鱿鱼头吃完后，鱿鱼筒就干脆穿在手指上舔，舔几下，实在经不起诱惑，就咬一小截。再后来只剩最后一小截鱿鱼筒了，实在舍不得吃，就像戒指一样戴着，久久地看一眼就很满足。我读盛慧的《外婆家》和黄金明的《田野的黄昏》就有这感觉。大半年了，都舍不得把它读完，故意留下几页，闲时翻一翻。

盛慧的文字有着明显的个人风格，但有时要坚持自己的风格却需要莫大的勇气。有时，人总会被所谓的得失心所驱使，总会被所谓的权威和读者的喜好所影响；有时会唯唯诺诺，有时会患得患失。一个写作者要不忘初心，一以贯之，纯粹地为表达自己的思想而写作，实在太难了。我就曾惊叹于曹乃谦的《到黑夜想你没办法》和金宇澄的《繁花》，无论语言风格还是题材都堪称"大胆"。所幸两者的文字后来都渐渐地被读者接受并认可。

我与《论语别裁》的相遇和翻开来阅读，完全归结于缘分。记得前年秋天，有一次，去图书馆参加读书会线下活动。会后，本打算穿过地下铁的过道，到对面去搭车，谁知却途经如斯书店。如斯书店是一家共享书店，店里所有的图书都来自市民的捐赠，图书免费共享，漂流阅读。运营方提供陈列和阅读场地，同时也兼营着饮品和餐食。如此有特色的书店，刚开张时，当地很多主流媒体都争相报道，短时间就使其成了网红打卡胜地。

秋天的午后，阳光明明晃晃，一切都显得那么不真实。向来不爱凑热闹的我，竟然拐进了书店。书店上下二层，推门进去正对着饮品吧台。靠墙四周都是通顶大书架，一楼二楼都摆有书桌（餐桌）。上二楼的台阶也散放着可移动的蒲团坐垫，二楼还有两间包厢。我逛了一圈，有学生样的孩子在写作业；有男青年紧张地玩着手机游戏，刚用完餐的餐具，还在一旁凌乱地摆着，未能及时撤走；有穿着正装的上班族，正靠着沙发打盹；包厢里有情侣在窃窃私语；在书架旁认真找书来读的，似乎只有我自己。正当我刚在一书架旁站定，摊开一本书准备读，瞬间过来了几个大妈，冲着我喊："靓仔，唔该借借，咪挡住我哋影相！"然后忘我地搔首弄姿摆着各种姿势。

看来此地不宜久留。心想，要不把书带回家，看完再还回来吧！去吧台询问是否要办理手续，服务员头也不抬地回道："不用，看上哪一本，可以直接带走。"干脆利落。退至靠门的书架，发现有两本书，竟然没开封就被主人"送"这里来了。好吧！既然如此不受待见，那我就把你们带回家，好好"疼爱疼爱"吧！——这两本书，其实就是《论语别裁》。

《论语别裁》被带回家，其实也并没有读（因为太厚），而是读了另外一本——《爱与孤独》。过了两个月，初冬的午后，带着借来的三本书，打算还回去。出了地铁口，只见如斯书店大门紧闭，不锈钢拉手横加了一把铁锁，玻璃门贴着一张白纸，上面四个印刷体——"旺铺招租"。如斯书店结业了，三本书又被带了回来。《论语别裁》放到前两个月才开始读，现在上册读了三百多页。《论语别裁》不尽是"之乎者也"。

现在回想，其实当时那几个搔首弄姿拍照发朋友圈的大妈，也并不那么令人讨厌了。而真正令人讨厌的正是我自己，自始至终都在吃"白食"。

把喜欢的事留在灯下

常听人说，散文，最上乘的是周氏弟兄，一刚劲，一冲淡，平分了天下。一长枪短剑，一细雨和风，其实我都喜欢。

在二手书平台买了一本鲁迅散文集。挑选时，介绍显示为全新书，且从目录上看，此册收集鲁迅散文最为齐全。就选定了。

收到书时，一翻开，一股浓烈的油印味扑鼻而来，纸质粗糙，字体又深又粗。第一反应怀疑是盗版书。又仔细翻了翻，随便抓一篇读了读，没有错别字，不重影，也没有错页。最终确认应该是一本走量的通版书。本想找卖家交涉一番，但想想，这价格还包邮，加上当初选的时候就只是注重容量，只要不影响阅读就好。这样一想，也就释怀了。好在自己只是阅读爱好者，而不是藏书家。至于油印味嘛，放一放，等散了味再读，反正家里有的是闲书。

鲁迅的散文，相信大家中学时代都读过，比如《从百草园到三味书屋》《藤野先生》《记念刘和珍君》等。年轻时，也曾找来过《鲁迅文集》认真研读，但有些篇章总是一知半解，云里雾里。如今再读，个别篇章却有了新的理解。有如当年初读余光中先生的《听听那冷雨》，通篇读完，除了记得作者从一条街到另一条街，长街短巷地走下去，其他讲的什么内容，全然不记得了。这真可谓："少年听雨，红烛昏沉。中年听雨，江阔云低。""雨，该是一滴湿漓漓的灵魂，在窗外喊谁。"

　　我坚持每天夜读，并发在朋友圈和书友群作为睡前分享。常常给人以误导，给人以一种自律、上进、有职业规划的错觉。因此引来一些培训、职业规划机构向我推销课程。从一开始的那种志在必得，到后来的渐渐了解，最终确认我就一闲散人员。那种失望，那种恨铁不成钢，甚至到最后的恼羞成怒和拉黑。现在想想那真是一种罪过啊！

　　人很多时候烦恼都是自找的。当你要做一件事或要结识一个人，如果一开始就带有一些私欲，一旦这件事或这个人不能达到你的预期，最起码的乐趣和动力就会减半，如果长期得不到改善，就会乐趣全无，甚至放弃。

　　我夜读其实没有太多的目的性。原本想把前阵子读到的《论语别裁》里的一段原文找出来论证一下我上面的观点，但有时读完，合上书一放，也就忘了。翻了几次都没找到，也就算了，以后如果有机会重读再补充吧！每天睡前读几页书，正应了文友的朋友的一句话："把喜欢的事留在灯下。"无功利的夜读坚持了快三年。

　　在房间里翻着一本闲书，厅里煮开的黑茶飘进来一股枣香，窗外又下起了小雨。啊！你们都是约好的吗？

华枝春满　天心月圆

从会场的人声鼎沸中走出来，在料峭的深冬寒风中，还是能感觉到一丝凉意。手里提着刚用来写过毛笔字的墨汁和宣纸，引来了行人一阵阵的侧目。此时的我如一名热恋中的小女孩一样，手里捧着小男友刚送的、如人大的笨笨熊公仔，或一大束殷红的玫瑰花招摇过市。对旁人的目光是不屑的，内心却是欢喜的。

登上公共汽车，座位上的乘客也不例外地向我投来了异样的目光。我径直地走到后面一个靠窗的位置坐下，刚才喝的那杯气泡酒，慢慢在发酵，后劲上来了，两腮微红，耳根热乎乎的。窗外的凉风一阵阵扑面而来，迎着风，这一年来发生的事，遇见的人，看过的书，像窗外的风景一幕幕翻滚而过……

一

去年冬天，在家带了两年小孩的我，整天宅在家里，感觉自己都快要发霉了。平时一整天连一个说话的人都没有，真害怕这样子下去会不会失去语言的能力。总不能就这样渐渐地与社会脱节了吧？决定新的一年要找点事来做，让自己多走出去。就这样我加入了吴晓波频道佛山书友会。

是的，对于当初离开我十几年职业生涯里最敬重、最认可的企业的方式，我一直都是耿耿于怀的。同事间互相尊重，友善相待；上司睿智公正，对下属关爱有加；部门间沟通顺畅，人人勇于承担责任，不推诿，不扯皮；制度规范，鼓励积极上进，个人只要把心思全放在工作上就可以了，保障机制完善。可惜，因为突生变故，不能善终，选择的却是不辞而别。那天，我像一只斗败了的公鸡，垂头丧气，心情糟透了。对于这样的离开，在很长一段时间里，我是无法释怀的。自从遇到了这一句："不要去怪从前犯错的你，不管有多大的错，我相信那一定是你当时所做的最对的一个决定。"记得那天晚上，下着小雨，在车上给母亲打了个电话。然后在家门口静站了十分钟，收拾一下坏透了的心情，推开门说的第一句就是："我决定了，明天起，我负责煮饭和带小孩！"

变故的影响终于告一个段落了……

二

鬼知道，我那天抽了哪根筋？放下了十几年关于诗歌的一切，买完菜，推着儿子从市场回来的路上，经过金沙桥，突然从脑海里奔出几个句子来。回到家，连忙从日历上撕下一张纸，记了下来。然后搓搓手，呼了一口气，最后写成了《月》。诗收录在顺德书友圈的公众号上并被标注成："下雨天的神秘来稿。"之后就是《写在春天里》，断断续续，死去活来。写了删，删了写，最后在春天的尾巴才勉强交差。不过还好，在书友会的群里反响还是不错的，还算热烈，对一名荒废了近十年的写作者来说，算是意外的惊喜。

三月开始读李笑来的《把时间当作朋友》。刚开始时犹如读天书，读了下行却忘了上行，来来回回，反反复复，逐字逐句地读；坚持了几天，渐渐进入状态，慢慢地就体会到了阅读的乐趣。原来阅读也是需要训练的，脑子不常用就会生锈。当感觉自己快无法坚持阅读下去的时候，我在书的扉页上写下这一句："或许你会笑我，但自从我有这个念头开始，就证明我有试着改变我自己，虽然不知道结果会怎样，但都会比什么都不做强吧？都比安于现状好吧？只要我们坚持正确地去改变自己，时间会给一个我们想要的结果。"到写这篇东西的这一时刻，我对这个结果是满意的。

三

5月，著名作家杨绛先生与世长辞，享年105岁。当时这则消息刷爆朋友圈，人们都纷纷用各种方式去悼念这位"最才的女，最贤的妻"。当时我心里咯噔一下，哎呀！我书架里就有一本《我们仨》，以前总以为来日方长，如今……看着书上铺了一层厚厚的灰尘，羞愧之情油然而生。

在我读完《我们仨》第二部的时候，对文中的古驿道产生了浓厚的兴趣，并在网上查找过。后来参考其他读者的解读，原来文中的古驿道是一种寓意，现实中的古驿道是不存在的，而是作者把钱钟书与她女儿生病往返医院的几年间，用梦的形式说成是在古驿道上度假来表达。看到这段解读，内心感到无比震撼，读先生的文字就如在某庙宇间看到一老者在打功夫，一招一式间并看不出什么端倪，突然一招化骨绵掌却能让你粉身碎骨。

后来在图书馆借了《杨绛全集》，从她记录钱钟书因《围城》出名后被读者的困扰中读到了她的风趣与幽默，《干校六记》里读到她的洒脱与豁达，《走在人生边上》里读到生命的智慧和哲理。让我懂得"出名只是多了一些不相知的人而已"。"没有误传，不会妄生希冀，就没有失望，也没有苦恼。"一个95岁高龄的老人，忍耐着手脚的疼痛，笔耕不辍，让我懂得了什么才是热爱与坚持。谢谢您用文字记录了您的生活与境遇，让我能在文字中与您相遇。正如您说过的："读书好比串门儿——

‘隐身’的串门儿。要参见钦佩的老师或拜谒有名的学者，不必事前打招呼求见，也不怕搅扰主人。翻开书面就闯进大门，翻过几页就升堂入室；而且可以经常去，时刻去，如果不得要领，还可以不辞而别，或者干脆另找高明，和他对质。不问我们要拜见的主人住在国内国外，不问他属于现代古代，不问他什么专业，不问他讲正经大道理或是聊天说笑，都可以挨近前去听个足够……”

有人说，写作要靠技巧和想象，在我看来，“你的生活就是你最好的著作”。

四

其实书友会还有一个创业组的，我也有幸成为其中的一员。创业组一路走来，跌跌撞撞。因为组里成员众多，意见不一，其间难免会产生分歧和摩擦。群组了解散，解散了再组，也众筹过米粉项目，现在还悬而未决。从0到1，其间的艰辛，也只有参与者自己才知道。创业有如众人饮水，冷暖自知。我个人认为，大家有心聚在一起，我相信最初的目的，都是为了互相抱团，把一件事情做成，不是为了聚在一起互相批判。正如某电影台词：“小孩子才论对错，大人只论利弊。”创业要多一点宽容，少一点成见；多一点信任，少一点猜疑。现在连一丁点可拿出手的成绩都没有，就不要去计较谁吃了多少亏，谁得了多少便宜，似乎没有意义。创业本来就是九死一生的低成功率事件，但还没开始就因人为的内耗导致胎死腹中，作为一名参与者，请问这样甘心吗？此刻我想起《士兵突击》里的一句话，"为什么许三多最后完成了任务？那是因为他在最困难、最绝望的时候，尽了自己最大的努力"。在一起，唯一的目的是把事情做成，我们需要共同努力。

五

一年来，书友会的线下活动我参加得很少。每次到了现场，感觉与很多人的相处，都过于拘谨。这或许是我性格使然，平时遇事冷静谨慎，一向都乐于做一个介入的旁观者，独立地观察身边的人和事，但我个人觉得，这也并没有什么不好，有如弘一法师说的：

> 君子之交，其淡如水。
> 执象而求，咫尺千里。
> 问余何适，廓尔亡言。
> 华枝春满，天心月圆。

下了车，深冬的夜空，高高悬挂着一轮朗朗明月，月光洒下苍穹，通透，皎洁，有如我此刻的心境。放下了十年的书写，在这里，我都拾起来了。

有你，真好！

关于"握笔的人"

清明回家，在母亲的房间里找到一本日记本。日记中间有两页用透明胶粘了起来。出于好奇，用剪刀拆了来看。里面的内容，是我在2000年元旦写的35岁前的人生目标。内容就不细说了，结果可想而知。因为这十几年来，我都渐渐忘了有人生目标这回事。

或许很多人都跟我一样，年轻时做过一些不着边际的梦，但梦最坏的结局就是，最后你清醒了而已。当年的同龄人，如姚明、刘翔，他们都在各自的领域成为举足轻重的领军人物。还有韩寒，当年那个高中生凭借"新概念"作文比赛一举成名，最后出版《三重门》风靡一时，现在都成了大导演，连跨界也一样玩得风生水起。

我当年写下的人生目标其中有一条：35岁前出一本属于自己的作品集。我记得当年学校为了迎接千禧年的到来，还特意放假了几天。同学们组织去宴镜岭看日出，而我选择了回家。1999年12月31日我是在村口的草坡上看了20世纪最后一次日落，晚上点着煤油灯写了《留住永恒》。2000年元旦早上，我和堂哥去海边看日出。农历十一月冬天的早晨，雾霭还未散去。两个年轻人，手持一台收音机，听着普京成为俄罗斯的代总统的新闻，穿过海路的番薯坡到海边看日出，当天写了《新世纪心迹》。后来《留住永恒》获得了"文心杯"作文比赛三等奖，《新世纪心迹》获得了"双峰杯"作文比赛一等奖。当时真是热衷于写东西和参加各类作文比赛。所以当时有想出书的念头也不足为奇。高二的暑假，我把之前写的东西整理了一百多篇，寄给文友王改昌让其帮忙出书，后来因为要自己承担700元包销费用，对一名当时半工半读，辗转多个学校才完成高中学业的学生来说，只好暂时放弃了。

　　我回城这一个月来，一直在心里问自己——你还爱写东西吗？你是否还会把出一本属于自己的作品集，当成目标并一直坚持去实现它？——其间我也联系过以前同样爱写东西的同学和朋友，得到的答案是"生活所迫，兄弟我不写东西很多年了，无力献丑""我这人疯癫惯了，无情无绪，心神恍惚"，等等。这些年来，我事业上虽毫无建树，写东西也没当年那般狂热，但有时也会听到内心有一个声音在呼唤："再不记录下来，记忆便会荒芜。"因此，在一些特别的时刻，我会选择用文字记录下来予以纪念。

　　很庆幸上天曾给我书写的能力，并以文字来记下这份生的卑微与爱的庞大。

前阵子，有公众号收录了我的文章《写在春天里》。文章有点长，但点开的人都能够坚持读完，关注和讨论的话题也超出了我的预期。用罗振宇的话说："现在大家都在做IP，像我们这种有一点点特长和想法的人何不出去看看，外面现在具体发生了什么？"因此有了自己做公众号的想法。我先后征求了同学和朋友的意见，他们都表示很支持，并热心到连公众号的名字都帮我想好了。可惜"用心用意""用心观世界"和我想的几个"高大上"的名字都被先用了。因此问题又来了，如今公众号如此之泛滥，如果读者不喜欢，没有人关注，怎么办？

我个人认为，写作从来都是为了取悦自己，不迎合，不妥协，也不会为了某一个读者而改变自己。就如当年我读路遥的《平凡的世界》时，当读到孙少平的未婚妻田晓霞为了救人被洪水冲走牺牲了，我当时很不解，也觉得很可惜，那么好的一对情侣，为何作者要这么狠心把他们写成这样的悲剧呢？为了表示我的愤怒，我曾中断了阅读。过了几年后我再把全书看完，才明白作者的写作意图。在作者看来，悲剧才是生活的内核，通过对悲剧的渲染，让人们懂得幸福的来之不易，生活的不确定性时时都存在，告慰人们要珍惜当下。我不是圣母玛利亚，站在宇宙中心呼唤爱；我也不是传道者，不会拉着别人来说教；我只是想把我生活中的点点滴滴和内心的一点点心意写下来与大家一起分享而已，喜欢就多加关注，不喜欢就转身离开，仅此而已。

我相信就算世界荒芜，总有一个人是我的信徒。

公众号的名字前前后后想了很多，稍微有点心动的都被抢先使用了，也正是这个原因，更加坚定了我做公众号的决心，从现在开始，哪怕我的公众号是第一亿个，通过我的努力和坚持，最后赶超了一个，我都是胜利者。最近我常想起我的学长张金城写的一首诗：

握笔的人

或许，也确实，我们成不了巴尔扎克、高尔基、鲁迅

但是，也确实，我们仅是张三、李四、冯五

何必硬是套别人的高帽

我们有自己的草鞋

何必执着嫉妒别人的宝玉

我们有自己的鹅卵石

游历归来的人，说他发现奇迹

不必重蹈旧路去追寻

因为，那是别人的奇迹

…………

握笔的人，注定跋涉在茫茫的方格之漠

你的骆驼，是你手中的笔

握笔的人，注定浪荡在浩浩文潮之洋

你的船桨，是你手中的笔

握笔的人，注定横穿在险恶的荆棘之山

> 你的劈刀，是你手中的笔
> 握笔的人，注定独赶在无尽的阴冷之夜
> 你的灯笼，是你手中的笔
> …………

好吧，就借用学长诗歌的题目作为我公众号的名称吧！"握笔的人"，我手写我心，我思故我在，一日一日生命积累，一时一刻我们欢喜悲哀，春夏后必有秋冬，新蕊后必定枯萎，人的一生既长且短，若不是借着记忆与书写，我们将会变成一个如何世俗的人。

附录：

笔墨淡淡有乡音
——浅谈谭用作品

如 风

近来读到《萝卜》《关于白粥》两篇文章，是谭用写的，读后掩卷思索良久。屈指数来，二十多年过去了，惊讶于谭用还在写作，尤其在当下人们为生计忙碌，无暇顾及文字的现实境况，他却很好地坚持了下来。读谭用其文，想起年少时与他的往来，缘起于我们在校园文学里邂逅，他在县城职业中学担任过文学骨干，与他聊起当年情形，他还记得我们当年应邀在电白中专参加过彼时茂名文联主席肖力《无歌而行》的文学讲座，那些遥远年代的文学印记，不能说明什么，但那炙热为文的初衷仿佛还带着旧日里的余温，是他今日笔端淡淡的笔墨。似水年华里沧桑历尽，岁月不饶人，风雨里剩下这一袭淡淡的文字，留下的是浓浓的故园旧梦与乡音。

月光与糖霜

谭用这些年写过不少文章，在佛山、清远、茂名等文学阵地有他的身影，我请他发一些文学作品供我闲暇阅读。

谭用与我同乡，也是农村里长大的同一代人，在乡野劳作，吃苦耐劳干过农活，熟悉乡村的各种场景，我们对农村有着许多共同的怀忆。正是因为这些年代印记，在谭用发来的作品中，"放牛取草""布田""拔泥豆""出城吃粉皮"这些读来并不陌生，其作品有着浓浓的乡土味与乡野气息，给人传递着淳厚的乡音，他在文学方向的努力，已深深打下了"乡土文学"的烙印。

谭用是农民的儿子。在城市发展的历程，乡村始终是绕不过去的话题。生活在20世纪80年代，村落在他的笔下像一幅油画，我们可以想象在他的笔下，他父亲的形象，布满皱纹的脸，早出晚归，风雨劳作，是一位饱经风霜的老人。他在《春天的农事》写道："父亲用闷带（汗布）把腰间扎紧，扎起马步，往双手间吐了一口唾沫，就挥动锄头，翻起地来。"文字写得细腻，把父亲在农地里干活的形象刻画得生动。他写到父亲"把发芽的谷种均匀整齐地播撒在秧底田里，好像在跟它们说：'去吧！广阔天地，大有作为。'"这段心理描写，农人一生都在乡村里度过，他当然希望自己栽培的种子能够发芽生长，期待在来年有好的收成。苦楝树发芽春天来了，种花生的季节到了，"造垄，开坑，点种，填土，放粪，摊平"。这一系列的工序，凝聚了农人父亲的辛苦。种完花生就到了插秧季，一年四季，农事轮回，乡村生生不息。他说："春天的脚步也跟父亲一样匆忙。"凸显了父亲以养家糊口为己责，辛勤劳碌。父爱如山，我始终相信，谭用对他父亲有着很深的感情，就像他流露着对故园一草一木的留恋。

谭用在笔下展现了20世纪80年代乡村的实景。他在《拾松果》里写到大姐"取柴"，现在的人可能不大理解何为"取柴"。取柴，顾名思义是闲时到山坡竹林拾取柴火，用以煮饭。松果，乃松树的子，是可以当柴使用的。在冬天里有很多松子随风落在地上，这种松果，点燃之后火为红色，能拾到松果当然是上等好柴了。《拾松果》还原了那个年代的乡村情景。作者写拾松果："将'7'钩搭在一横枝上，用力一摇，哗啦啦！松果往下掉，像下冰雹。"写得异常生动。他写了拾松果来煮饭炒菜，有人间烟火味，勾画童年时乡居生活的无忧无虑，童真趣味跃然纸上，让人难忘。拾松果的乐趣很多，这份意趣盎然，有如今人玩石赏花，亦有如古人吟诗作画。

谭用通过对家乡美食的叙述，表达了他对故土的深情。近年来他写了《芥菜包粿》《关于白粥》《萝卜》《豆腐饼》《蕹菜》等大量乡土题材，轻描淡写，远看在写乡味，走近一看，他写的却又不仅仅是乡味，透过一篇篇故园怀忆的篇章，读来是一幅幅旧时故乡质朴的画面，这画面亦远亦近。

《芥菜包粿》写的是古城传统的风味，每到年底家家户户做粿是小城节日的传统。正如他所写："腊月一过，整个村子的妇人常会聚在屋檐下，三五成群剥花生壳、拣花生仁，或在老井旁洗刷簸箕、蒸笼和粿印。"过年做粿热闹的一幕情景，谭用对情景的描写，唤起了人们对纯真年代的回想。传统春节的氛围越来越淡了，做籺也不再是家家户户的事，人们的生活安逸了，亲自动手，自食其力的劳动情景很难复原从前热闹的旧风，谭用对做籺的讲述，让人重温了旧时节日的喜悦。对乡味有想念，对故园有怀念，这也足以说明他内心里有着一份宽淡与知足，我认为，只有内心宽淡的人才会深爱这片土地。

谭用的故乡情怀也体现在民俗文化上。《五月纪事》写五月插艾的地方的风俗。在古城，每到五月初一，在家门口安置艾与苍术，这是一个惯例。到了五月初五逢端午节，是小镇里重要的节日，"赛龙舟"是一个地方性聚集的活动，这些风俗、活动是古城一代又一代人共同的记忆，其中作者在看龙舟的比赛上巧遇了师妹，那种昔日纯真的情谊重现眼前，看着是昨日的故事，回首却已到了中年，叙事写人，读来有着怀人忆物的写意。

《关于白粥》写了故乡的白粥，读来亲切，那股粥的烟火氤氲，余温袅袅。他从白粥里，回顾了2002年那段读书岁月的尾声，那年他没有等到那纸通知书，背上行囊去往祖国西部，加入打工的群体。那一年是高考艰难的一年，不少人由此纷纷走入社会从此销声匿迹。记得那一年我放弃了一些机会，选择复读重来。那个年代很多人因为家计环境，没能继续读书，惦记起那些风霜雪雨里失学的同窗，我那时很是难过。在熙攘的人群中，人各自走向人生的归宿，谭用与我亦走在各自的路上。

他在那个夏天踏往省外城市，到了冬天岁末才回到家乡神电卫古城，此时天色渐亮，在那个寒冷的早晨，他停留在城里待喝过粥才回家，平淡的讲述，一定隐藏着他在打工岁月里的无奈，但他又是有着坚强的忍耐与意志，无论在外面受到多少寒风，故乡的这碗白粥，永远是最暖的。就像他父亲曾经说过的："熬日子就像熬粥，熬过去了，也就好了。"

《圣经》诗篇里说："流泪撒种的，必欢呼收割。那带种流泪出去的，必要欢欢乐乐地带禾捆回来。"多年后，他带着妻儿回到故乡，重温粥味，此时人间烟火正浓。当回首眺望古城万家灯火时，想必谭用在心中一定会对故乡充满着感恩。

用文字书写故乡，本就是传递乡音。文学作为理想主义的追求，走在这条路上的人越来越少了。我与他在同一班列车的不同车厢里，我们乘坐着这通往人生理想归宿的班车，我想，我们终究是会朝着同一个方向前进的。

（原载于《湛江日报》2022年7月15日）

■ 如风，广东省作家协会会员。

后 记

　　出一本属于自己的作品集，这个念头最早可以追溯到中学时代。

　　有一年夏天，暑假去同学家玩，同学故作神秘地从抽屉里拿出一本小册子，并说这是他们村人自己出的书。看着那本薄薄的浅蓝色封皮的小册，当时是既敬佩又羡慕。

　　高中时，我参加过校园文学社，并担任学校文学社的副主编，出过一本文学社的作品集。当时是真热衷于写东西和参加各类作文比赛的，也发表过一些豆腐块。高二的暑假，我把所写的东西整理了一百多篇，寄给河南的文友让其帮出书，后来因为要承担700元的包销费用，于一名当时半工半读，辗转多个学校才完成高中学业的学生来说，难以负担，只能作罢。

　　2016年清明节回家，在母亲的房间里找到一本日记本。日记中间有两页用透明胶粘了起来。出于好奇，用剪刀拆了来看。内容是我在2000年元旦写的35岁前的人生目标。其中一条：35岁前出一本属于自己的作品集。之后就注册了自己的自媒体公众号——"握笔的人"，用文字记录生命的喜乐与感动，以一个个体在诉说自己的故事，讲述自己的苦乐。坚持了4年，写下十几万字，并把所有打赏得来的资金设为出书基金。

2022年6月，参加文友的文学讲座，席间听说政府对个人文学创作方面有扶持，抱着试一试的心态申请了。9月，《月光与糖霜》入选2022年度顺德区文艺精品项目，并推选参加2022年度佛山市群众文艺作品评选，荣获文学类一等奖。获奖对写作者的自信心是有帮助的。因此，又申请了佛山市文联2021—2022年度重点文学创作项目，最终得以入选。如今，才会有这本书的出版。在此，我要感谢佛山这座城市和各级文化部门的包容和认可，正是有了你们的关注和帮助，才让我这小小的梦想有了重量。尘世中千万平凡梦想，从未被时代如此善待。

上个月，我去省作协参加"邀新会员同贺新春"作家回家活动。其间和姐通电话，姐在电话里问我，现在做这一门手艺（指写作），一个月能有多少钱收入？我一时语塞，不敢正面回答，只说一年能有一两千元稿费。之后遭姐训斥："做点什么不好？做这样，都不如去送餐。"最后灰溜溜地挂了电话。在此，我要感谢我的妻子，这些年一直忍受我的"不务正业"，努力工作，勤俭持家，默默支持。及我的高中同窗杨燕梅女士，写公众号时，她常是第一时间点赞、转发、打赏——"一键三连"，感谢她长期以来的支持和鼓励。文学创作上对我有影响和帮助的前辈和老师，以及挚友，在此也很有必要提及。因为，如果没有他们，文学路上，我也走不到今天。他们是张况、盛慧、王海军、吴国霖、赵芳芳、方晓维、张慧谋、邵留生、汪华生、李文国、黄伟明、来去、商来成、黄伟成、罗泳宜等，及奎福文学院的小伙伴们。借此机会，我真诚地对他们说声谢谢！最后特别感谢朱郁文博士，在百忙之中抽出时间欣然为本书作序；中学时代文友黄俊怡先生，在我重提笔写作时对我文字给以评论和推介；还有《佛山文艺》和史鑫编辑，在千千万的来稿中，刊发我的习作，感谢他们的垂注。

说回本书。李白有诗：床前明月光，疑是地上霜。月光代表的是来时路，是故乡。而糖霜则是当下所生活的土地，是居住地。本书收集将近50篇散文来书写故乡（电白）与现居地（佛山）的风土人情。以一个新市民的视角来书写佛山，愿更多的新市民都能同时拥有他们自己的月光与糖霜。

12年前，我一个外地人寄居于顺德乐从镇的一个小乡村，是房东阿姨给了我一个落脚的地方。之后的某年，阿姨邀请我和家人参加村里的"土地诞"村宴，再后来，她孙女生小孩，分过给我"猪脚姜"——我知道，这是一份来自亲人的待遇。疫情防控期间，做核酸，我发现排队的通道，由原来的"外地人通道"，悄然改成了"新市民通道"。再后来，我儿子也能免费参加村里举办的暑假夏令营；我深深感受到这座城市对外地人的接纳与友好。我常想，我要做点什么呢？我能做点什么呢？正好热爱文字，可以用手中的笔，把多年的感受，遇见的人，经历的事，诉诸笔端。这些年我写过"水藤的公园""沙边的街巷""罗沙小学的花"，这些年没有怨恨，只有感恩！

前段时间，看到诗人西川的一段采访，他说："即使我知道，没有人在远方欢迎我，但我也会这样走下去。"因为在写作的过程中，实际上也是一个人对自己生命的一个体验的过程，他不一定知道得更多，但是他哪怕知道一点点，也算是没有白来世上一趟。

文学是条路，我是不息的行者。

甲辰年孟春于顺德乐从